一共有四隻兔子藏在圖裡頭，
有兩種不同樣式喲！睜大眼睛找找看吧！

# 怪奇漢方桃印 3

## 木偶娃娃心丹大反撲

文 廣嶋玲子　圖 田中相

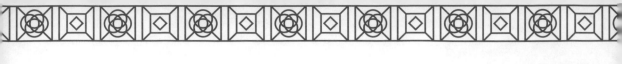

# 怪奇漢方桃印 3

目錄



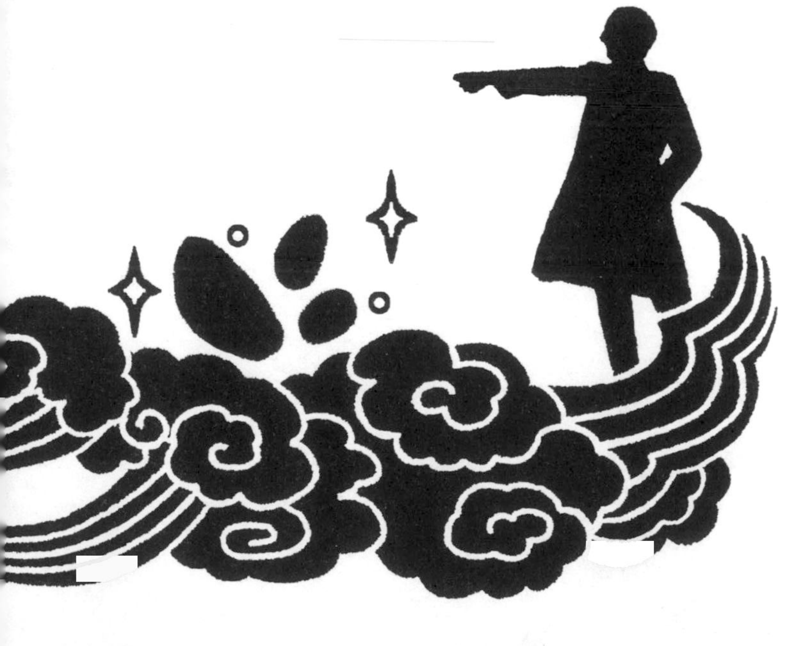

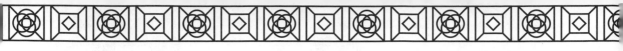

**右下角的頁碼占卜**

**使用方法**

這次是中國式占卜！翻開的那一頁，就是你的今日運勢喲！

大吉籤……超級幸運
上上籤……幸運
中上籤……普通
下下籤……不幸

## 本書人物介紹

### 桃公

仙人

本名／桃仙翁
隨著神奇的鈴聲出現的
中藥郎中。
其實他是桃源鄉最厲害的大仙人！
據說……他的年紀是幾十萬歲！
他身上背的大木箱也有祕密？!

專長：調配
可以實現各種願望
的神奇中藥。

### 瑪珂茉

神

十二地支／卯
溫柔的兔女神，外表
看起來像中學生……

### 玖佚

神

十二地支／丑
身材高大的牛女神，
內心很溫暖。

### 俐恩

神

十二地支／巳
溫柔文靜的
蛇女神，
經常在
桃源鄉唱歌。

## 青箕

神

十二地支／辰
在桃源鄉的清泉中生活的龍神。
雖然毒舌、愛冷嘲熱諷，
但面對桃公可能……就沒轍了？
在人類的世界，
會以壁虎的姿態現身！

專長：
打雷，引起暴風雨。

## 翼哲

神

十二地支／午
身強體壯的馬神，
在桃源鄉內，
他跑得最快。

## 獅子頭妖婆

山中女妖

居住在深山中，
體型高大，肌肉飽滿結實。
看起來像是一個可怕的老奶奶，
不過其實是醫生！

## 延啟

神

十二地支／申
桃源鄉內身手最矯健的神，在桃源鄉時經常戴著猴子面具。

# 楔子

有一個老爺爺留著粉紅色鬍子，背了一個大木箱，肩上有一隻青白色壁虎，今天往東，明天往西，在日本各地走透透。

如果有幸遇到這個爺爺，他一定會對你說——

我有一帖中藥可以澈底解決你的煩惱。

然後，就會調配出神奇的中藥。

# 第1章
# 鐵雞藥卵

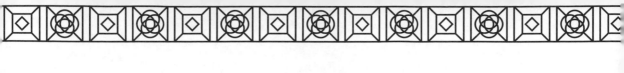

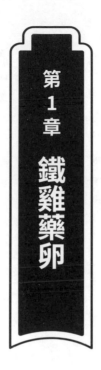

「我今天絕對要找到！」六歲的恭平來勢洶洶的說。

恭平家附近有一個海岸，海岸邊有許多小石頭，看起來並沒有很美。由於這裡不是沙灘，所以不能玩沙子，也很少有機會撿到漂亮的貝殼。

但是，海水會帶來美麗的東西，那就是——翡翠。不管是白色或綠色的寶石會隨著海浪一起被打到海岸上。

只不過撿翡翠必須靠運氣。有些人瞪大眼睛連續找了好幾天，也一無所獲；但也有來這裡玩的觀光客，不到一個小時，就撿到了漂亮的翡翠。

恭平屬於前者。他很想撿到翡翠，但到目前為止，他從來沒有撿過。他覺得很不甘心。

昨天幼兒園的同學信也在恭平面前炫耀撿到的翡翠。那塊翡翠差不多像日幣五百元硬幣的大小，白色的底色上有一條很鮮豔的綠線，看起來像貓的眼睛，真是太迷人了。

「這是我昨天撿到的，很厲害吧？大家都說，很少有這麼漂亮的綠色翡翠呢。」

不服輸的恭平一聽到信也的話，就感到火冒三丈。

他和信也在班上本來就是競爭對手。現在競爭對手居然拿出了自己很想要的翡翠，他當然無法保持沉默。

於是，他對信也說：「我一定會找到更漂亮的！」

信也聽了，瞪著他說：「那你就在下個星期一之前去撿來啊！如果沒有撿到的話，以後你就叫我『信也老大』。」

「好啊，如果我也能撿到很漂亮的翡翠，那你就要叫我『恭平老大』。」

「沒問題，一言為定！」

於是，他們有了這個看起來有些愚蠢的約定。但對恭平來說，這是一場認真的比賽。

「沒問題，我一定可以找到漂亮的翡翠。」

六歲的恭平像是進入了「我是天下無敵」的模式一樣。

「我很厲害，什麼事都難不倒我。」恭平對自己說。

恭平的內心充滿了這種莫名的自信。

從那天開始，每天從幼兒園放學一回到家，他就去海岸邊找翡翠。但是，第一天、第二天都沒有發現翡翠，恭平內心越來越焦急。

「今天是星期六了，包含今天在內，距離約定的星期一只剩下兩天的時間了。……如果真的找不到，要不要乾脆帶外公給我的那個翡翠去學校？」恭平非常著急。

恭平的外公曾經在二十年前，撿到一塊很漂亮的翡翠，差不多有嬰兒的拳頭那麼大，而且整塊翡翠很透明，是像嫩葉般鮮豔的綠色。外公得意的說，當時還引起了轟動，大家都說從來沒有看過這麼漂亮的翡翠，甚至還有報紙報導呢。

外公說：「雖然這塊翡翠是我的寶物，但我要送給你。」然後把翡翠送給恭平。

恭平想，如果自己真的撿不到翡翠的話，到時候是不是就把那塊翡翠帶去給信也看，對他說：「你看看，我是不是很厲害啊？

我贏了！」

「不不不，這是作弊行為，我不可以做這種事。」可以的話，恭平不想用這種方式贏信也，所以他必須努力找翡翠，直到最後一刻都不能輕言放棄。

恭平一路想著這些事，終於來到了岸邊。

現在已經是十二月了，而且是清晨，海風很冷，海上起了濃濃的霧靄。

但海灘上還是有零星的人影，大家都來找翡翠。恭平覺得所有人都是自己的競爭對手。

「我一定要比他們更快找到翡翠才行。」恭平急忙瞪大眼睛準備尋找。

這時，他倒吸了一口氣，因為他看到了一個不尋常的人在海岸邊行走。

那是一個頭戴著一頂大草帽的老爺爺，他在淺棕色的農夫服外穿著花花的短褂，所以原本圓滾滾的身體顯得更圓了。他留著很長的粉紅色鬍子，還綁成麻花辮。

恭平忍不住盯著那個爺爺，無論怎麼看，都覺得這個老爺爺非比尋常，於是他決定跟在他的身後。

老爺爺在岸邊走著，不時彎下身體撿起什麼東西，然後放進手上的籃子內。

「他是在撿翡翠嗎？但他彎腰下去撿的次數也太多了吧！難道除了翡翠以外，他還會撿普通的小石頭嗎？」恭平對這個老爺爺更加好奇了。

好想知道這個爺爺到底是誰！

恭平忘了自己要撿翡翠的事，跟著老爺爺走了大約十分鐘。

接著，前方出現了一個桃色小帳篷，似乎有人在海灘上露營。

沒想到那個老爺爺卻逕直的走進帳篷裡。恭平躡手躡腳，悄悄走近帳篷，向裡面張望。

老爺爺正待在帳篷內，面前有一隻雞。

恭平看到那隻雞，忍不住瞪大了眼睛。因為那隻雞無論翅膀、腳和嘴都是用黑色金屬做的，但是，當老爺爺從籃子裡拿出小石頭遞到雞的面前時，那隻雞的脖子動了幾下，然後把小石頭吃了下去。

恭平發現自己的心臟撲通撲通跳了起來。

太厲害了，它簡直就像是一隻活生生的雞。他以前從來沒有看過這種機器雞。

這時，雞突然停止吃石頭，恭平只看到隨著「咕咕咕」的叫聲，它竟然生下一個蛋。

那是一個很漂亮的綠色雞蛋，顏色有點透明，卻又像是嫩葉般鮮豔。

恭平差一點跳起來。

「那個絕對是翡翠。令人難以置信，竟然有機器雞在吃了小石頭後，就會生出翡翠！」

但是，老爺爺臉上的表情卻很十分不悅，他拿起翡翠蛋，仔細打量之後，嘆了一口氣，「嗯，果然不行。不過這也沒辦法，只能再去找喲。」

老爺爺把蛋放進懷裡，拎著籃子，費力的站了起來。

恭平慌忙的繞到帳篷後面，所以當老爺爺走出帳篷時，並沒有看到他。

看到老爺爺走遠之後，恭平立刻走進帳篷裡。

他想仔細打量那隻神奇的雞。

「我只是看一下而已，又不是要做壞事。」他一邊自我辯解著，一邊走進了別人的帳篷。

帳篷內堆放了許多東西，有睡袋、有茶壺，還有泡麵，除此以外，還有一個大木箱、素描簿和色鉛筆，但恭平根本沒有看那些東西，他的眼中只有那隻機器雞。

他用手指輕輕摸了一下，機器雞完全沒有動。機器雞全身都是用金屬做的，看起來很酷，而且竟然會生下翡翠蛋。

「好想要啊，我好想要這個。要怎樣才能讓它屬於我呢？那個老爺爺為什麼會有這麼神奇的東西？」這時，恭平突然靈光一閃。

「我知道了！那個老爺爺一定是聖誕老人！所以才會有那麼長的鬍子，還擁有這麼神奇的機器雞！哇，太猛了！我竟然遇到了聖誕老人！」

恭平因為高興和興奮的關係，全身都熱了起來。

「該怎麼辦？要不要等那個老爺爺回來之後，問他：『爺爺，你是不是聖誕老人？』然後央求他：『我今年一整年都很乖，所以請你給我很多禮物？』」

「啊，對了！禮物！」恭平的腦袋閃過了一個想法……

雖然不知道聖誕老人來這裡的理由，但聖誕老人的工作就是送禮物給小朋友，這樣的話，要是恭平收下這個機器雞當禮物應該也沒問題吧？

「沒錯，一定沒問題。現在剛好是十二月，讓我早一點收到禮物也很正常。」

恭平想了想，覺得自己的想法真的太有道理了——而且他真的很想要這隻黑色的雞。

「好，就這麼辦！」

恭平拿起放在旁邊的素描簿和藍色色鉛筆。素描簿上畫了各種植物的畫，而且畫得很好。他快速翻了起來，終於找到了空白頁，他在上面留了言——

聖誕老公公：

這隻機器雞就當作是我今年的聖誕禮物。

「搞定了。」恭平放下素描簿和色鉛筆，然後拿起了那隻機器雞。機器雞比他想像中更輕。

「這樣帶回去也沒問題。」恭平走出帳篷，迅速向四處張望了一下，沒有看到那個爺爺。

「趁現在趕快把它帶回家，但我不是在偷東西，我只是提早拿聖誕禮物而已，我絕對不是在做壞事。」恭平這麼告訴自己，一路跑回家。

當他衝進自己房間後，才終於鬆了一口氣。雖然天氣很冷，但他渾身都是汗，只是他來不及換衣服，仔細打量那隻雞。

「這隻雞已經是我的了！」

恭平太高興了，他開始對機器雞說話：「你趕快下蛋，生很多翡翠蛋給我。」

但即使他一個勁拜託，或是用力戳，機器雞還是一動也不動。

恭平突然想起來了——

「對了，小石頭！如果不吃小石頭，就沒辦法生蛋。等、等我一下！」

恭平急急忙忙跑回海岸邊，撿了很多小石頭，塞滿了口袋。然後，他又一路跑回家，不過，等待他的卻是一個意想不到的景況。

恭平回到自己房間後大吃一驚。

「咦？」

機器雞不見了，而且房間裡亂七八糟的。床上的被子和枕頭破了很多洞，繪本都被撕破，就連他最喜歡的英雄人偶的頭和手也都不見了。

「這、這是怎麼回事！」

看到房間裡一片大亂，他快哭出來了，但他還是想要先找到那隻雞。

這時，有一個奇怪的東西從床底下扭動著，慢慢鑽了出來。

那個東西差不多像籃球這麼大，看起來像是一團透明的紫色果凍，但它有一個眼睛。

那個眼睛看了恭平一眼後，就開始抖動著整團果凍，往恭平的方向移動。

「不妙！」恭平慌忙衝出了房間，用力關上了門。

「那、那是怎麼回事？」

就在這時……

「啊啊啊！」

他聽到媽媽的尖叫聲。

「媽媽？」

恭平慌忙跑去廚房，這次真的瞪大了眼睛。

那隻黑色的雞站在桌子上，但比剛才大了一倍，而且正大口吃著媽媽準備好的早餐，連盤子也都一起吃了下去。

媽媽拿著平底鍋，癱倒在地上。爸爸和外公也同時跑了過來，一看到眼前的景象，全都愣住了。

「這是什麼？」

「美美！你沒事吧？」

「我、我沒事，只是嚇了一跳……因為它突然出現在這裡。」

「這、這個東西是哪來的？走開！走開！」

爸爸膽戰心驚的想把機器雞趕走，但是……

機器雞瞪了爸爸一眼，就朝他飛了過去。

「啊啊啊啊！」爸爸慌忙逃走了。

恭平的外公拿了原本穿在腳上的拖鞋丟它，但也白費力氣。機器雞一口就把拖鞋吞了下去，然後「咕咕咕！」叫了一聲，生下一顆很大的黑色雞蛋。

黑色雞蛋在桌子上裂開了，一個像章魚腳的東西從蛋殼裡伸了出來，慢慢蠕動著，向房間四處伸展。

那隻黑色的雞完全沒有看雞蛋裡的東西，又開始吃電視。總之，它什麼都吃，什麼都能吞下肚。

「這是外星人！」

「美美！恭平！趕、趕快逃出去！快逃！爸爸，你也趕快逃出去！」

爸爸抓著恭平的肩膀，一起逃出了家門。機器雞沒有追上來，但家裡傳出了更可怕的噪音。

「乒乒乒乒。砰噹。嘎答答答！」

爸爸、媽媽和外公都嚇得臉色發白。

「趕、趕快報警！」

「我的手機留在家裡。」

「那、那就去向鄰居借電話！」

恭平忍不住哭了起來。

「我闖了一個大禍！」恭平心想，那隻雞一定會把家裡的東西都吃光。早知道就不應該帶那種東西回來，全都怪自己！

「啊啊，現在該怎麼辦？要怎麼向爸爸、媽媽道歉！」

恭平害怕不已，心臟都快從嘴裡跳出來了。

就在這時……

「啊呀啊呀，好像在這裡。」

他聽到一個慢條斯理的說話聲。回頭一看，那個粉紅鬍子的爺爺站在那裡。他背了一個木箱，腳下還有一隻看起來很聰明的棕色小狗。

恭平不由得緊張了起來。

「他為什麼會來這裡？他找上門了嗎？怎、怎麼辦！我果然不應該隨便拿走他的雞啊？激怒聖誕老人會有什麼下場？會不會一輩子都拿不到禮物了？啊啊，我不要、我不要！」

但是，他想躲也沒地方躲。恭平緊緊抱著媽媽的大腿，把臉貼在媽媽的大腿上，不讓那個爺爺看到。

這時，他聽到外公的聲音：「你……你是誰？」

「我是桃公，是中藥郎中喲。這裡是你們家嗎？我的東西好像在你們家裡，我可以進去確認一下嗎？」

「不，不，不！你現在最好不要進去！裡面有一隻很大的雞在搗亂。」

「它生出來的怪物也在裡面。」

爸爸也大叫著，但這個叫「桃公」的爺爺卻鎮定自若的點了點頭說：

「那隻雞是我的喲，你說的怪物，我也大致知道是什麼東西喲。如果不趕快處理，事態會更加嚴重，所以我就先進去喲。」

桃公說完，帶著那隻狗走進了家裡。

「好，鐵雞，不要鬧了，好了好了，你很乖，你很乖。」

屋內傳來了說話聲，乒乒乓乓的聲音也越來越小聲，最後終於完全安靜下來。

恭平和其他人都戰戰兢兢的向屋內張望。

那隻雞現在已經變得像沙發那麼大，桃公正坐在它的背上，剛才那個像章魚腳的怪物已經消失了。

「啊，現在已經沒問題了喲，請進來喲。」

桃公臉上帶著笑容，但爸爸、媽媽都板著臉。因為家裡亂成一團，電視和沙發都消失了，牆壁也有一半倒塌了，到處都是碎玻璃。

「太過分了……那、那隻雞是你的嗎？為什麼讓這麼危險的東西在外面亂走？」

媽媽怒目圓睜，走上前問，桃公搖了搖頭說：

「這不是我的錯喲，有人擅自從我的帳篷把這隻鐵雞拿走了，然後帶來這裡喲。」

「誰、誰做這種事？」

「這個嘛。到底是誰呢？……陶奧？」

前一刻還乖乖坐在地上的動物一聽到他的叫聲，立刻站了起來，用鼻子到處嗅聞之後，走到恭平的面前「汪！」了一聲。

所有人的視線都集中在恭平身上。

「恭平？」

「不是！不是我！」恭平不加思索的想說謊。他實在太害怕別人知道他偷了那隻雞，也害怕家人知道是他造成家裡一片混亂。

但是，恭平的舌頭僵住了，完全說不出半句辯解的話。

「恭平！」爸爸露出可怕的表情站在恭平面前。

「是你嗎？是你把那隻雞帶回家嗎？」

「啊、啊、我……」

「他說是你擅自從他的帳篷拿走，所以是你偷的嗎？」

「啊啊，被發現了。我完了。」恭平非常慌張。

恭平知道已經瞞不住了，便哭著說出一切的經過。他說了自己和信也比賽的事，所以無論如何都要撿到翡翠，以及他以為桃公是聖誕老人，所以覺得自己可以收下那隻雞當禮物。

恭平說完時，爸爸眉頭深鎖，媽媽和外公也一樣。

「對、對不起，真的對不起。……爸爸？」

「恭平，我對你太失望了，真的很失望。」

爸爸冷冷的說，這比狠狠罵恭平一頓更加可怕。恭平縮成一團，向媽媽和外公露出求助的眼神，但他們也都以嚴厲的眼神看著他。

恭平大受打擊，知道自己真的是闖了大禍。

早知道會有這樣的結果，還不如乾脆向信也認輸：「我輸了，以後我就叫你信也老大。」

但是，現在後悔已經來不及了。恭平成為家人眼中的小偷，而且是個愛慕虛榮、沒出息的小孩。

恭平再度哭了起來，眼淚撲簌簌的流個不停。

這時，又聽到桃公慢條斯理的聲音。

「你們罵得差不多了喲，我想把這個家恢復成原來的樣子，可以嗎？」

「啊？」桃公以外的人全都抬起了頭。

「恢、恢復成原來的樣子？」

「真、真的……真的有辦法做到嗎？」

「嗯，我的朋友應該可以做到喲。好，陶奐，你可以回去了，我要叫高古力出來。」

桃公對狗說完後，放下背在身上的木箱，打開蓋子。木箱裡有很多抽屜，簡直就像是衣櫃。

桃公打開最下方的抽屜，對著狗招了招手。

這時，發生了神奇的事。

狗的身體越縮越小，變成像豆粒般大的人，被吸進抽屜中。

不過，神奇的事還沒有結束。

桃公探頭看著抽屜說：「高古力，你出來幫我一下喲。」然後把手伸進抽屜裡。

「啊，太好了，原來你在那裡。嗯，你出來一下。來，跳到我手上。」

桃公說完，又把手拿了出來。他的手上有一隻像豆粒般大小的公雞。

公雞從桃公的手上跳了下來。當牠跳到地上時，變成了得雙手才能抱住的大小。

這隻公雞很漂亮。頭部到後背顏色像雪一樣白，背部以下像黑夜一樣黑。長長的尾巴也是帶有光澤的黑色，雙眼明亮，紅色的雞冠像火焰一樣。

「牠叫高古力，是酉年的年神，牠可以對時間動一點手腳喲。高古力，拜託你喲，把時間倒回去一點，讓這個家變成原來的樣子喲。」

公雞叫了一聲，好像是在回答桃公，然後又以更響亮的「咕咕咕！」叫了一聲。

公雞的叫聲鑽進耳朵深處，恭平感到有點頭暈。

他覺得自己的腦袋在晃動，腳下也在晃動，所有的一切都被捲入了旋轉的漩渦中。

然後……

當恭平回過神時，發現站在自己的房間內。

房間內整齊乾淨，被子和枕頭都完好如初，繪本、玩具都沒有遭到破壞。

恭平還不放心，往床底下探頭張望，發現剛才那團有一個眼晴的果凍也不見了。

一切都恢復了原狀。

桃公也在他的房間內，那隻漂亮的公雞站在他的帽子上，他的手上抱著鐵雞。鐵雞變成了原本的大小，靜靜的被他抱著。

恭平驚訝的小聲問桃公：

「我爸……爸媽媽呢？」

「不知道，應該在廚房喲。啊，我要告訴你，他們三個人並不記得剛才發生的事喲。因為那是接下來才要發生的事。你聽得懂我說的意思嗎？」

「嗯，我知道。」

時間倒轉，回到了混亂發生之前的時間，家裡不會被弄得亂七八糟了。

恭平鬆了一口氣，但他卻忍不住對桃公說：

「既然你有辦法做到這件事，應該在我被爸爸罵之前，就讓時間倒轉，這樣的話，我剛才就不會那麼難過了。」

桃公聽了，狠狠的瞪著恭平說：

「你在說什麼？你該好好反省一下。真該讓你看看，當時我得知這隻鐵雞不見的時候，有多緊張喲。」

「嗯……對不起。」恭平縮成一團向桃公道歉，「但是……我並不是想當小偷，請你相信我。我以為你是聖誕老人……才覺得向聖誕老人要禮物沒關係……因為我以前從來沒有看過機器雞會生下翡翠蛋。……聖誕老公公，對不起，我真心向你道歉，所以請你不要跟我說：『你以後一輩子都沒辦法收到禮物了。』」

桃公看到恭平拚命道歉，用力抓著臉頰說：

「啊呀啊呀，這真是天大的誤會。」

「誤會？」

「嗯，首先，我不是聖誕老人喲。而且，這隻鐵雞只是生了翡翠色的蛋而已，並不是生下翡翠喲。」

「啊，是這樣？」

「因為這是專門用來製作藥蛋用的活動偶人喲。」

恭平聽到這個從來沒聽過的名詞，忍不住偏著頭納悶。

「藥蛋？」

「你可以想成是蛋形的藥。首先，讓鐵雞吃各種藥草，藥草就會在鐵雞的肚子裡充分混合，接著就會變成蛋生下來。有些很難調配的藥，就要借助鐵雞的力量。」

「但、但是剛才的蛋裡出現了妖怪，那根本不是藥吧？」

「那是因為你讓它吃了奇怪的東西。無法成為藥材的東西，就會變成失敗的蛋。失敗的蛋很麻煩，因為沒辦法變成藥，所以就會帶著恨意亂搗蛋。」

「原、原來是這樣……」

恭平在恍然大悟的同時，也感到很失望。原來鐵雞生下的是裝了藥的蛋，也就是說，他白白經歷了那麼可怕、那麼不愉快的事。現在，他覺得渾身疲累。

桃公也一臉愁容。

「如果鐵雞會生下翡翠，我就不需要這麼辛苦了喲。唉，真希望趕快在那個海灘找到翡翠，讓鐵雞吃下去。」

「為什麼？」

「嗯？因為不久之前，鐵雞誤把不該吃的東西吃了下去，我想要把那個東西取出來，但必須要讓它吃翡翠，才有辦法做到。」

桃公說，而且必須是特別的翡翠才行。

「一定得是被海水沖到那個海灘的翡翠、而且必須是很漂亮的綠色；同時，翡翠表面要很光滑，還要像橡實那麼大才有用。我在岸邊努力找了很久，一直找不到……太小的或是顏色太淺的都沒有效喲。」

唉唉……桃公深深嘆著氣，他似乎真的傷透腦筋。

恭平突然想到一件事。

「桃公，我有啊！」

「你有什麼？」

「翡翠啊！漂亮的綠色翡翠。我外公送給我的，也是在那片海灘撿到的。」

恭平說完，從專門放寶物的鐵罐中拿出翡翠，遞給了桃公。

桃公一看到那塊翡翠，立刻拍著手說：

「哇哇！太美了！這就是我想要找的翡翠喲！」

「真的嗎？那就送給你。」

「……真的可以嗎？」

「嗯。……我做了很過分的事，我要用這個表達歉、歉……」

「歉意？」

「嗯，我用這個表達歉意。」

恭平心裡其實有點惋惜，但他覺得自己應該這麼做。恭平今天做錯了很多事，他覺得把翡翠送給桃公，自己的心裡會輕鬆些。

桃公可能察覺到恭平內心的想法，露出了欣喜的笑容，高興的收下了翡翠。

「啊呀啊呀，太謝謝了！真是幫了大忙！那我現在就餵給鐵雞吃喲。」

桃公說完，把翡翠拿到鐵雞面前。

鐵雞張開大嘴，把翡翠吞了下去後，身體顫抖起來。

「來了來了來了！」

桃公把鐵雞放在地上，把手伸到它的屁股下。

噗通。

一隻很大的白色蛋掉在桃公的手上。桃公對著那顆蛋小聲的叫著：

「青箕，青箕，起來了喲。」

那顆蛋發出叭哩叭哩的聲音，出現了裂縫，最後裂成了兩半。

恭平大吃一驚。

他以為裡面會出現一隻小雞，沒想到卻出現了一隻壁虎，身體是青白色，眼睛是藍色。

桃公高興的說：

「啊啊，太好了！你平安無事喲！你沒事嗎？青箕，有沒有哪裡不舒服啊？」

壁虎露出困惑的表情眨了眨眼，然後輕輕叫了一聲：

「啾啾……？」

「啊喲，怎麼會這樣，你不記得了嗎？青箕，你躺在鐵雞用的藥草上睡午覺，結果就被鐵雞吃下去了喲。……啊，看你的表情，似乎已經想起來了喲。真是的，你要記取這次的教訓，下次不要在藥草籃子裡睡覺了喲。」

「啾啾啾！啾咿！」

「什麼？那裡原本就是你睡覺的地方？啊呀，該不會是我不小心把藥草放進你睡覺的地方了？」

「啾啾咿！」

「啊，啊哈哈哈。不過幸好你平安無事喲，這才是最重要的。」

桃公笑著掩飾自己的窘境，然後轉頭看著恭平說：

「多虧了你，才能把青箕救出來，真的太感謝了喲。」

「不……不客氣。……桃公，那隻壁虎在瞪你。」

「沒、沒關係，沒關係，等一下我會請牠吃很多螃蟹，牠心情就會變好了。這一帶的米飯也很好吃，青箕愛喝的酒也有很多不同的種類。啊，對了，我得謝謝你，這個給你喲。」

桃公說完，從懷裡拿出一顆很像是翡翠的蛋，遞給恭平。

「可、可以送我嗎？但剛才是因為我……」

「這件事歸這件事，那件事歸那件事。多虧了你的翡翠，才救了青箕，所以我一定要好好答謝你喲。」

「這不是翡翠……，對嗎？」

「當然不是翡翠喲，這裡面裝的是名叫『暫時怪力軟膏』的藥，這種軟膏可以讓你力大無比，但只能持續五分鐘。當你遇到困難，想要有巨大力量的時候，只要用力握住它就行了喲。蛋破裂後，裡面的軟膏會滲到你手上，一定可以對你有幫助喲。」

桃公把名叫青箕的壁虎放在肩上，拿起鐵雞說：

「青箕回來了，我們差不多該去下一個城市了。那就跟你說再見了喲。」

「好，拜拜。」

桃公從恭平的房間消失，簡直就像一陣煙，一眨眼就不見了。

但是，那顆綠色的蛋還在恭平手上。

星期一，恭平意興闌珊的走去幼兒園。

他很想請假。因為信也一定在幼兒園等著他，一旦他知道恭平沒有撿到翡翠，就會神氣的說：「看吧！果然是我贏了！」然後，恭平就得按照事先的約定，叫他「信也老大」。

唉，恭平越想越不開心。

他把手伸進了長褲口袋，口袋裡是桃公送他的綠蛋。他今天出門時，忍不住把那顆蛋放進口袋中。

恭平想，這個漂亮的蛋看起來很像翡翠，不如把它拿給信也看，說自己找到了這麼漂亮的翡翠，如此一來，恭平就可以贏得這場比賽，也不必做任何自己不開心的事。

但是……

「這樣、算作弊吧。」恭平不想作弊。因為他覺得這樣很沒出息，也很丟臉。而且在鐵雞那件事之後，他深刻體會到偷雞摸狗的不良後果。

嗯，還是應該老實告訴信也：「我輸了！」

於是恭平把手從口袋裡拿了出來。

信也果然雙眼發亮的在幼兒園等他，信也張開雙腳，站在操場的置物櫃前。恭平心不甘情不願的走向信也。

「啊啊，好討厭，好討厭。」但是恭平心想，應該還來得及，只要自己把口袋裡的蛋拿給信也看，對他說：「怎麼樣！很厲害吧！」就好。要是信也說：「我輸了！」，那麼自己不會裝出神氣的樣子，還會對他說：「你不用叫我恭平老大」，然後這件事就這樣算了。這樣的話，應該可以抵銷作弊的錯吧。

恭平內心浮現了這種想法，手不知不覺又伸進了口袋裡。

當他走到信也面前時，突然吹起了一陣風，而且風很大。

恭平差一點被吹倒，他忍不住閉上了眼睛。

隨即聽到了咚隆噹啷的巨大聲響——

恭平睜開眼睛後大吃一驚。

原本運動會時用的帳篷被拆下來後，放在信也身後的倉庫旁邊，但現在竟然壓在信也的身上。信也的腳被架子壓住，正哇哇大哭，而且還流了血。恭平看了頓時覺得有點頭暈。

「啊啊啊啊！」

「哇啊啊啊！」

其他同學也都驚慌失措，大叫起來。

「要快點去叫老師，請他趕快來救信也。」

恭平忍不住用力握拳，然後才發現自己好像捏破了什麼東西。

恭平嚇了一跳，看著自己的手，發現手上有黏黏的，像是紫色乳霜般的東西。

「一定是剛才捏破蛋，裡面的藥擠出來了。啊，對了，桃公曾經說，這種藥可以讓自己力大無比，但只能持續五分鐘。這樣的話，也許我就可以救信也了。但是只有五分鐘，有辦法把信也從那裡救出來嗎？搞不好連我也會被壓在底下，還會受傷。」恭平猶豫著。

就在這時……

「啊啊啊啊！好痛！好痛！救命啊！」

信也叫了起來。聽到信也尖聲慘叫，恭平下定了決心。

「信也，我、我馬上去救你！」

恭平不顧一切的跑向信也，一手抓住帳棚架子。架子很重，照理說小孩子根本拿不動，但恭平簡直就像是在拿紙張一樣，輕輕鬆鬆就拿了起來。

「好厲害！真的像桃公說的一樣！」恭平心想。

恭平興奮的叫著信也：「信也！你沒事吧？」

「嗚嗚、啊啊啊！」

「我已經把架子移開了！現在沒事了！」

當恭平把信也從架子下拉出來時，老師們跑了過來。

真是不幸中的大幸，信也的傷勢並不嚴重，因為他的腳剛好夾在縫隙中，所以只有擦傷而已。

那一天，恭平成為幼兒園中的英雄。老師和信也的媽媽都稱讚他，他感到很害羞。

信也也向他道謝。

「恭平，謝謝你。……你是我的救命恩人。沒想到你力氣這麼大，太厲害了。」

「沒、沒有啦，只是那時候剛好使出了全力。……對了，信也，我沒有撿到翡翠，我輸了。」

「啊，翡翠。」

信也好像想起了這件事，眨了眨眼睛，然後露齒一笑說：

「就當我們沒有那個約定吧！我怎麼可以讓救命恩人叫我信也老大呢？」

「真、真的嗎？」

「嗯，……對了，這個送你。」

信也說著，把自己的翡翠遞給了恭平。

「你救了我，我要謝謝你。」

恭平搖了搖頭說：「不，我不要。」

「你不要嗎？」

「對，因為這是你的寶物，不是嗎？所以你留著吧，我一定會找到很漂亮的翡翠。寶物還是要自己找到的才最棒。」

「有道理。」恭平和信也互看著，用力點了點頭。

# 桃公的中藥處方箋之1

## 暫時怪力軟膏

**藥的形狀**

裝在翡翠色蛋形容器中的軟膏，比雞蛋稍微小一點。

**用法及用量**

用力捏破蛋殼，讓軟膏滲入手中。

**作用與功效**

想要巨大的力量時，只要讓軟膏滲入手中，就可以力大無比。

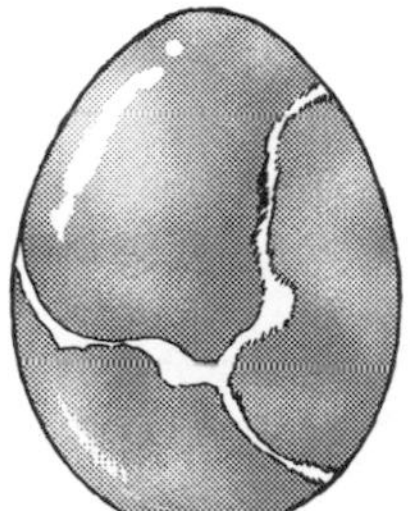

**使用注意事項**

力大無比的狀態只能維持五分鐘。要特別注意時間。

# 第2章 木偶娃娃心丹

美佳把兩個孩子送去幼兒園，一回到家後，就整個人倒在沙發上。

「好累，渾身都好沉重，連手指都無法動了。給我一個小時，不，只要三十分鐘就好。我想擁有自己的時間，只屬於自己的、可以自由使用的時間。」她發自內心這麼想。

但是，這是無法實現的夢想。

「唉，必須趕快起來。」美佳想著，早餐的碗盤還沒有洗，雙胞胎兒子弄亂的家裡也還沒有打掃。等一下還要洗衣服，然後再去買菜，還要去洗衣店把丈夫阿洋的襯衫和西裝拿回來。

時間轉眼之間就過去，等做完這些事，就差不多該去幼兒園接兒子了。和人與真人總是活力充沛，一回到家，就會像往常一樣想吃點心，結果吃得到處都是，桌子和地上都黏答答的。

美佳想著，等他們吃完點心，一邊要應付兩個跟前跟後的兒子，一邊還要準備晚餐。今天美佳想煮義大利麵。煮義大利麵很輕鬆，兒子也很愛吃。但如果自己不為丈夫準備其他晚餐，他一定又會不滿的說：「又是義大利麵？上個星期不是剛吃過嗎？」

唉，真麻煩！既然那麼想吃別的，為什麼不自己做！不過，一旦自己這麼說的話，丈夫每次都會說：「我在外面上班！你一整天都在家裡，至少該做好家事啊。」美佳每次聽了都很火大。

美佳的確一整天都在家裡，但從早到晚都忙得沒時間休息，她很希望丈夫阿洋能夠了解自己有多辛苦。

「他回到家時什麼事都不做，有什麼資格說我！只要不挑剔晚餐，就已經幫了我的大忙了。」雖然美佳發著牢騷，但還是努力站起來，去洗了碗之後，又用吸塵器吸地。

今天地上也很黏，一定是兩個兒子又把果汁灑在地上了。她只好在用吸塵器吸完地板後，又開始擦地板；但在擦地時，洗衣機嗶嗶響了起來。

「好，好，好，我這就來晾衣服。」美佳像是在回應洗衣機一般說著。

但是，當她一打開洗衣機的蓋子後，忍不住發出嘆息。因為洗好的衣服上沾到了很多白色的碎屑，簡直就像下了雪。

「每次都說不聽。一定又是誰把面紙放在口袋裡沒有拿出來。」美佳火冒三丈。

「唉，為什麼衣服要有口袋？不管是和人還是真人，都會把飼養的鼠婦放在口袋裡。不，不光是兩個兒子，阿洋也經常把面紙和零錢放在口袋裡不拿出來。」美佳很無奈。

這次也一定是阿洋。不知道已經說過多少次了，把衣服丟進洗衣機之前要檢查一下口袋，怎麼說都沒用！

美佳氣得用力拍著洗好的衣服，把面紙碎屑拍下來。那些紙屑都掉在地上，等一下又要重新用吸塵器吸地了。她越想越氣。

美佳覺得所有的事都令人心煩，於是她突然不顧一切的衝出家門。

「真希望就這樣離開去別的地方！逃去一個沒有人認識自己的地方！」她腦袋空空，漫無目的的走在街上時，突然聽到了清脆的聲音。

叮鈴鈴。鈴鈴。

美佳忍不住停下腳步。多麼動聽的聲音，好像滲進了她的內心深處。

「是鈴聲嗎？哪裡有鈴聲？」美佳太好奇了，忘了打算離家出走的事，尋找著鈴聲的來源。

她來到一個很大的公園。那裡是幾十年前曾經舉行萬國博覽會的地方，當時建造的巨大紀念碑至今仍留在公園內。紀念碑有七十公尺高，上面有一張很可怕的臉。

這個公園必須買門票才能進去，美佳平時都覺得：「為什麼去公園還要買門票？這是把我當成傻瓜嗎？」她從來都不屑買門票進去。

但是，她今天太在意那個鈴聲了，即使付錢買門票，她也想知道到底是怎麼回事。

走進公園後，她發現有個老爺爺坐在紀念碑前，搖著一個銀色的鈴。

這個爺爺看起來很不尋常。他戴了一頂大草帽，長長的粉紅色鬍子綁成麻花辮，在淡棕色的農夫服外，穿了一件花花的厚短褂，看起來很可愛，身旁還放了一個大木箱。

美佳的雙眼盯著那個爺爺，然後好像被吸引般走上前。

老爺爺停止搖鈴，瞇眼笑了笑說：

「歡迎光臨，歡迎來到桃記中藥喲。」

美佳聽到他可愛的聲音後，肩膀忽然就放鬆了。

「中、中藥嗎？」

「嗯，是喲。我是桃公。太太，你有什麼症狀？無論是身體還是心理，如果有任何不舒服，都可以告訴我喲。」

「你問我症狀，我也……啊，我覺得有點疲勞。育兒和做家事，經常讓我覺得心煩……」

「原來是這樣，你可不可以再說得更詳細喲。」

已經多久沒有人這樣認真聽自己說話了？美佳整個人放鬆下來，把內心的不滿和疲憊全都說了出來——家事永遠都做不完、雙胞胎兒子整天都吵著要陪他們玩，但丈夫完全不了解自己有多辛苦。

「要是阿洋能夠稍微體諒我一點……可是連他也要我費心照顧才行，簡直就像是我的第三個兒子，有時候真的很火大。雖然我知道他工作很辛苦，但我常常很想對他說，我也很辛苦啊。……是我太任性了嗎？」

「沒這回事喲。」

桃公溫柔的說：「聽了你剛才說明的情況，你似乎真的很辛苦。你很愛你的家人，也很珍惜他們，所以才會讓自己繃得這麼緊，你一定很痛苦喲。」

「……」

美佳一陣難過，眼淚差點流下來。

至今為止，從來沒有人對她說這種話。即使她和家人、朋友聊這件事，大家也都會說：「結婚之後，每個人都這樣。」，或是「你是媽媽，要堅強一點！」

「桃公，謝謝你，你這麼說，我真是太高興了。」

「不不不，我現在充分了解你的症狀了喲。嗯，照這樣下去，你可能會撐不住。為了預防這種情況，我為你開中藥處方喲。」

「中、中藥？」

「他該不會是打算向我推銷奇怪的藥吧？」美佳忍不住心生警戒。

只見桃公打開木箱蓋子，箱子內有許多抽屜，桃公接連從這些抽屜中拿出各種神奇的道具，還有裝了枯葉和果實的小瓶子。

轉眼之間，桃公面前放滿了各種神奇的東西。美佳目瞪口呆的看著從箱子裡拿出的這些東西。

有的像是鹿角，有的像是晒乾的蚯蚓，還有蕈菇、橡實、紫色的液體和白色粉末。

美佳看著看著，感到心情莫名的興奮起來。她想起小時候辦家家酒，玩巫婆遊戲時的事。

「這些全都是藥材嗎？」

「是啊，這是我從各地蒐集到的珍貴藥材喲。我很快就能調配好，你再稍微等我一下喲。」

桃公說完，俐落的開始調配中藥。他把藥材都放進一個研磨缽，一下子研磨，一下子攪拌，簡直就像在變魔術。最明顯的變化就是氣味。桃公每加入一種藥材，奇特的氣味就越來越濃烈。既充滿了芳香，又帶有異國香料的味道，但又讓人感到很親切懷念。

美佳情不自禁的閉上了眼睛，陶醉在這種氣味中。不知道過了多久，美佳聽到桃公的聲音，終於回過神。

「太太、太太！」

「啊？……啊，是！」

「好了，完成了喲。」

桃公說完，伸出了手。他的手上有一個像橡實般大小的東西，是棕色和桃色的大理石紋圖案，而且樣式竟然是心形。

「這是木偶娃娃心丹，是有助於改善你目前症狀的藥喲。只要把它放進人偶或是娃娃裡頭就可以了喲。啊，要記得同時放入一根你的頭髮喲。」

「我的頭髮？」

「對，讓那個娃娃可以變成你的分身。……藥錢是一千元，你願意買嗎？」

「放進人偶的藥？還要放自己的頭髮？變成自己的分身？聽起

來就很可疑，實在不應該買這種可疑的東西吧。」美佳有點猶豫。

雖然她這麼想，但又無法克制有股「我好像遇到了很厲害的東西！」的興奮心情油然而生。

美佳露出了複雜的表情，但最後還是把它買了下來。她付了一千元後，桃公笑著點了點頭，然後用薄紙把木偶娃娃心丹包了起來，交給美佳。

「謝、謝謝你。」

「不客氣，這下子你應該可以覺得輕鬆多了……說不定會『太輕鬆』了……啊啊，對了，還有一個問題喲。」

桃公突然露出嚴肅的表情，目不轉睛的盯著美佳的臉。

「什、什麼？」

「有時候，方便的東西可能有點危險喲，但都取決於使用的人……嗯，我還是有點擔心，我會安排售後服務喲……青箕、青箕，你在哪裡喲？」

桃公在草帽中和木箱子的抽屜中找了半天後說：

「哎呀，這孩子又不知道跑去哪裡了喲，原本還打算等一下一起去吃串炸，希望牠沒再次被鐵雞吃掉……。真是沒辦法，太太，我晚一點派青箕去找你喲，如果有什麼困難，可以交代青箕喲。」

「青、青箕是誰？」

「是我的搭檔喲，你只要看到牠，馬上就會知道了。……凡事都要適可而止，只要遵守這一點，就不會有問題喲。」

雖然美佳不知道會發生什麼問題，但她帶著桃公給她的藥回家了。

越靠近家裡，內心情緒就越來越高漲。

「必須趕快試試這種藥的效力。」美佳等不及了。

美佳回到家後，立刻在兩個兒子的玩具箱裡翻找。

「玩具箱內亂七八糟，真希望好好教這兩個孩子什麼叫做『整理』。」她一邊想，一邊在玩具箱內尋找有沒有適合的人偶。

「真人很喜歡這個怪獸，所以不能用；和人經常拿那個狗狗娃娃玩……啊！這個好像不錯？」

她拿出一個很舊的英雄人偶。這個塑膠人偶大約二十公分左右，美佳記得這個人偶名叫伍路強，人偶穿著一身狼衣，看起來很帥氣。

雙胞胎兒子之前也很愛這個人偶，但現在人偶的脖子和手臂都歪了，有一種難以形容的滄桑感。美佳覺得這種滄桑很像自己，所以決定使用伍路強人偶。

「反正這兩個孩子很久沒玩這個人偶了，所以即使人偶不見了，他們也不會發現。而且這種人偶裡頭應該是中空的，正好可以把藥放進去。」

美佳小聲嘀咕著，然後用美工刀插進伍路強人偶的胸口，割開人偶胸口。她猜得沒錯，裡面果然是個空洞。

「不錯，感覺很不錯。」美佳興奮的把桃公給她的藥——木偶娃娃心丹拿了出來。

她打開包裝紙，立刻聞到了一股溫柔的氣味，很像是在陽光下晒了很久的棉被味道，可以讓人心情放鬆。

「感覺這種藥真的有效耶。」美佳喃喃自語。

美佳把藥塞進了人偶，接著拔了一根自己的頭髮，一起放進了人偶，最後撕下膠帶，封住了剛才割開的地方。

「這樣就可以了嗎？這麼做之後，我真的有辦法變輕鬆嗎？雖然那個桃公看起來很有自信的樣子，可是仔細一想，就應該要發現不可能有這種事。我竟然會被這種花言巧語欺騙，白白浪費了一千元。」美佳內心的興奮感突然消失，換作一股巨大的空虛和疲勞襲來。

雖然今天還有很多家事要做，但她已經無法動彈了。她告訴自己：睡一下好了，只睡一下下，睡醒後，再以加倍的速度做家事就好。

美佳搖搖晃晃走到沙發，躺了下來，立刻陷入了熟睡。

伍路強人偶出現在她的夢中。伍路強對著她露出笑容，拍了拍胸脯，好像在說他可以搞定一切。

接著，伍路強就快步走出家門，而美佳就陷入熟睡了。

只不過她聽到一陣越來越吵的聲音，美佳半夢半醒想著：「啊啊，是誰在大吵大鬧，還可以聽到答答答答的腳步聲。該不會是和人跟真人吧？他們已經回家了吧。啊，又安靜下來了，應該是在吃什麼點心。因為他們只有在吃東西的時候才會安靜。」

「嗯？這個味道……是鬆餅？是誰做鬆餅給他們吃？之前曾經再三叮嚀他們，絕對不能自己用瓦斯爐。」

這時，美佳猛然驚醒。

因為她想到兩個兒子——「完了！自己完全忘了要去幼兒園接他們回家了！」

她跳了起來，一看時鐘，已經三點了——原本應該兩點就要去幼兒園接孩子。

她臉色發白，正想衝出去時，卻整個人愣住了。

因為她看到和人、真人坐在客廳最裡頭的桌子旁，兩個人都坐在椅子上，正專心吃著鬆餅。

美佳難以相信自己眼睛所看到的情況。

自己沒有去幼兒園接兒子，但雙胞胎兒子現在竟然在家裡。這是怎麼回事？難道他們自己走回家嗎？但是，幼兒園老師絕對不可能讓他們自己回家。

美佳覺得自己好像在做夢，搖搖晃晃走向兒子。兩個兒子抬起頭，看著美佳露出了笑容。

「媽媽，這個鬆餅真的太好吃了！」

「嗯，超好吃的！明天也要做給我們吃！」

雙胞胎兒子笑著對她說，她不經意的問：「這、這個鬆餅……是誰做的？」

「媽媽，你在說什麼啊？是你做的啊。」

「對啊，媽媽，是你剛才做的啊。」

「喔喔……是啊。……那今天是誰去幼兒園接你們回來的？」

「媽媽，你為什麼問這個問題？」

「當然是媽媽接我們回來啊。」雙胞胎理所當然的回答。

不可能。美佳忍不住想要大叫。她知道這絕對是不可能的事。因為自己明明在沙發上睡到前一刻才起來啊。到底是怎麼回事？是誰冒充自己去幼兒園接兒子回來，還幫他們煎了鬆餅當點心呢？

這時，美佳才終於想起來——「對了，伍路強人偶！那個人偶在哪裡？」

美佳在臥室找到了人偶。她戰戰兢兢的拿起人偶仔細打量，發現人偶和之前沒什麼兩樣，只不過她不記得自己曾把這個人偶拿到臥室。

「所以是人偶自己走進來的嗎？」

正當美佳感到有點可怕時，發現人偶的手上沾到了白色粉末。她聞了一下，發現粉末有種甜甜的味道。

「是鬆餅粉……」

所以，真的是這個人偶煎了鬆餅嗎？雖然難以相信，但除此以外，無法找到合理的解釋。

美佳頓時無法站立，一屁股坐在床上。

「鎮定，我要鎮定。」她用力深呼吸，心情稍微平靜下來。

「嗯……仔細一想，就發現這件事很厲害，因為這個人偶竟然代替我做了很多事。哇，簡直就像有一個傭人，嗯嗯，真的很厲害！桃公並沒有騙我！」

託這個人偶的福，自己難得睡了一個午覺，美佳感覺身體好輕鬆，有充足的精神去買晚餐要用的食材了。

「嗯？該不會……」

美佳慌慌張張的跑去廚房，打開冰箱一看，發現冰箱內放滿了食材，而且全都是她打算今天去買的食材——伍路強人偶竟然連菜都買好了。

她又去看了衣櫃，發現之前送去洗衣店的襯衫和西裝也全都放在衣櫃裡了。

「太好了！」

在別人眼中，這只是微不足道的幸福，但對美佳來說，簡直就是無比奢侈的事。

那天傍晚，美佳精神抖擻的做晚餐。之前她一直覺得要額外為先生阿洋做菜很麻煩，但她今天料理時的心情卻特別好。

因為有伍路強人偶協助自己做家事，美佳不再覺得孤單。一想到這裡，她的心情就變得格外輕鬆。

隔天，美佳睡過頭了，她比原本應該起床的時間足足晚了兩個小時才醒來。

「慘了！哇！大事不妙了！——阿洋的便當！大家的早餐！出門的準備！」

但是，當她醒來之後，忍不住用力眨眼睛。因為家裡很安靜。她躺在床上轉頭看，發現丈夫阿洋已經不見了。她去兒子的房間查看，兩個兒子也都不在家。

她開始有點不安，因為她發現雙胞胎的幼兒園制服不見了，書包也不見了。當她走去廚房，看到桌上放了一人份的早餐，卻沒看見任何便當盒。

她仍然不放心的走到玄關。兩個兒子的鞋子和阿洋的鞋子都不見了，他們父子似乎都分別上班、上幼兒園去了。

「但是……我明明睡過頭了。……啊！」

美佳察覺到應該是伍路強人偶代替她做了這些事。

「一定是那個人偶做了便當，準備了早餐，然後叫他們三個人起床，還為他們做好出門的準備。在送阿洋出門上班之後，又把雙胞胎送去幼兒園了。」

此刻雙胞胎還沒有放學，所以都不在家。

「簡直太輕鬆了！以後我可以睡到自然醒了，而且也不需要再提早醒來做便當了！怎麼會這麼幸福！」美佳感動得忍不住握緊雙手。

美佳吃早餐時，充分體會著這份幸福——優閒的看著電視，吃著培根蛋和沙拉，還有法國土司。

「已經有多少年沒有吃別人做的早餐了呢？」美佳享受著這個舒服的早餐時間，完全沉浸在放鬆的氣氛中。吃完早餐後，她有點想睡覺。她坐在沙發上，不知不覺中又睡著了。

當她醒來時，家裡已經變得乾淨整齊，連原本丟在地上的東西都整理乾淨，洗好的衣服晾在外面，地板也擦得很亮，而且桌上放著午餐。

「謝謝！」

美佳發自內心感謝放在桌上的伍路強人偶，同時也感謝桃公給了自己這麼棒的藥。

「如果下次可以見到桃公，一定要好好謝謝他。啊，以後每天都可以超輕鬆！」

美佳滿面笑容開始吃午餐。

自從有了伍路強人偶之後，美佳的生活開始有了變化。因為當她在休息的時候，伍路強人偶會在轉眼之間，就把她該做的家事全都做好了。

無論是打掃、洗衣服、買菜、燙衣服、做便當，還是去幼兒園接送兒子，伍路強人偶包辦了所有美佳「不想做的事」。一開始，美佳得以趁機偷懶，後來卻變得越來越懶了。

「我努力了這麼多年，偷懶一下也沒什麼。」美佳這麼對自己說，然後就去逛街購物，或是整天沉迷於玩遊戲或是看書。她偷懶的時間越來越長，最後甚至把所有該做的事都交給伍路強人偶。

不過，即使這樣，也從來沒有引起任何人的懷疑。說也奇怪，當伍路強人偶代替美佳做事時，別人似乎看不到她。因此即使兩個兒子回到家裡，美佳也可以躲在臥室玩遊戲或看書，因為伍路強人偶會陪兩個兒子在客廳玩。這讓美佳覺得像是重獲自由般，可以把時間用在自己喜歡的事上。

「啊啊，簡直太棒了！」

她好像回到了單身時的生活。

接下來的日子，她繼續偷懶，盡情玩樂。

但是，她內心的罪惡感越來越強烈……

「我自己一個人玩樂，完全沒有好好和家人相處。這樣感覺很不好，而且內心很空虛。」美佳想。

她發現自己已經好久沒有和先生阿洋聊天，也沒有陪兩個兒子玩，更沒有在晚上讀繪本給他們聽，或是陪他們上床睡覺。因為她把這些事全都交給了伍路強人偶。

當美佳發現這件事之後，內心感到無比寂寞。

「不行，這樣不行。我到底在幹什麼！」美佳終於了解到，如果沒有做好自己該做的事，就無法心情愉快的充分休息。

「嗯，我不能太依賴伍路強人偶，以後要節制一點，只能偶爾找伍路強幫忙。」

美佳想了想，決定要好好去陪兩個兒子玩。

沒想到……

她發現一件奇怪的事，那就是，即使她叫兒子的名字，他們也不理她。

「和人，快過來，我們一起來洗澡。」

「真人，你刷牙了嗎？」

即使她對兩個兒子說話，他們也不會馬上回答，每次都要叫好幾次，甚至到大聲吼叫，他們才好像「終於聽到般」看著美佳，然後看著她時，也會露出納悶的表情。

那種表情好像在問，這個人是誰？接著才終於眨了眨眼睛，開口說：「……啊，媽媽，你剛才說什麼？」

已經連續好幾次都發生這種事，而且不只是兩個兒子，就連丈夫阿洋也是有相同的反應。

美佳有一種難以形容的不舒服感覺。

「這是怎麼回事……？簡直就像是他們慢慢忘記我了……，但照理說不可能有這種事啊。」

然而，奇怪的現象越來越多，而且這些奇怪的現象開始發生在美佳自己身上。

她經常失憶……

原本要去上廁所，當她回過神時，發現自己躺在沙發上。

她想喝麥茶，走去冰箱拿麥茶後，就失去了記憶；當她回過神時，卻發現自己蹲在洗衣機前。

這種事越來越頻繁發生，美佳覺得越來越不對勁。

「太奇怪了。怎麼會發生這麼奇怪的事？也許自己該去醫院檢查一下。嗯，今天晚上要和阿洋好好討論一下。」

「啊，我到底出了什麼問題？如果醫院檢查出來有什麼嚴重的病，那該怎麼辦？好可怕，好可怕。」美佳很擔心。

正當她越想越害怕、渾身發抖時，剛才到外面玩的兩個兒子回家了。

「兒子！」美佳猛然回過神，內心湧起對孩子的愛與不捨。

「嗯，我必須珍惜每天的時間。如果接下來必須住院治療，就無法時時刻刻和他們在一起了。」

於是美佳決定今天要大顯身手，做兩個兒子愛吃的章魚燒。不是美佳要自吹自擂，她做的章魚燒天下第一。如果這個世界上有章魚燒錦標賽，她認為自己一定可以名列前茅。

不過她要先去門口迎接兒子，她想用力抱一抱兩個兒子。

美佳露出了笑容，準備迎接兒子。

「和人、真人，你們回來了！今天怎麼樣？玩得開心嗎？」

但是，雙胞胎兒子從張開雙手的美佳身旁跑了過去。

「咦？」

兩個兒子完全無視她——不，感覺更像是他們根本沒有看到美佳。

這是怎麼回事？美佳慌了，回頭一看，發現兩個兒子跑向廚房，而且可以聽到他們興奮的聲音。

「媽媽，我們回來了！」

「我們回來了！今天晚上要吃什麼？……是章魚燒嗎？哇！太棒了！」

「我最愛章魚燒了！啊，不行，現在還不能吃喔。和人，我們一起去洗手。」

「好。」

兩個兒子又從美佳身旁跑過去，進入盥洗室。

「這是怎麼回事？」美佳愣在原地，「我明明在這裡，但兩個兒子甚至沒有看我一眼。該不會是伍路強人偶在廚房吧？」

一想到自己的兩個孩子簡直把人偶當成真正的媽媽，她突然感到不寒而慄。美佳告訴自己：一定要設法解決伍路強人偶才行，看是要把它剪開，或是就拿去丟掉也可以。無論如何，她都要把它趕出這個家。

但是，當她急忙走去廚房，再度愣住了。

廚房裡有一個和美佳長得一模一樣的女人……

那個女人穿著美佳的衣服，穿著圍裙，正俐落的準備晚餐。無論怎麼看，她都像是美佳。

「你、你……該不會是伍路強？」

美佳戰戰兢兢的問，而冒牌貨瞥了她一眼，然後笑了笑。

冒牌貨放下菜刀，走向美佳。

她的身體越來越大……不對，是美佳的身體越縮越小。

當美佳發現自己變小，正準備逃走時，已經來不及了。那個冒牌貨把變得像人偶般大小的美佳抓了起來，丟到陽臺。

「這個家已經不需要你了，有我就行了。我可以堂堂正正成為一個完美無缺的母親。」

冒牌貨用和美佳一模一樣的聲音說完後，用力關上了落地窗的門。

被丟到陽臺上的美佳想方設法，想要回到家裡。她必須去救回兩個孩子，不能把家人交給那個可怕的東西。

「和人、真人！媽媽在這裡！拜託你們，趕快發現我！幫我開門啊！」

她用力敲著落地窗，拍到手都痛了，仍然沒有人聽到。

於是，她隔著陽臺，向路上的行人求救。

「誰來救救我！救命！我被關在陽臺上了！我家有一個危險的傢伙！救命啊！救命啊！」

但是，即使美佳叫得嗓子都啞了，仍然沒有人看她一眼。她覺得自己好像變成了空氣，終於忍不住放聲大哭起來。

「太慘了。」她感到害怕不已，「我會怎麼樣啊？我會失去我的家人嗎？我不要！我不要我不要！」美佳抱著頭哇哇大哭。

突然，她聽到了「啾啾！」的奇怪叫聲。

「你這個笨蛋，現在哪有時間哭！」

美佳似乎聽到有人這麼說，她驚訝的抬起頭，立刻瞪大了眼睛，因為有一隻青白色壁虎就在她面前看著她。

美佳忍不住縮成一團。因為對目前的美佳來說，這隻壁虎看起來就像鱷魚那麼大，依美佳現在的身形大小，幾乎可以坐在牠的背上了，而且這隻壁虎正狠狠瞪著她。

她嚇得差點尖叫，因為她原本就很害怕蛇和青蛙這類的動物。

但是，這隻壁虎並沒有移動，只是定睛看著她而已。牠的眼睛顏色很藍，深沉而鮮豔，是很美麗的顏色。

美佳發現自己在牠的注視下，內心的恐懼和不安漸漸消失了。她覺得這隻壁虎似乎不會攻擊自己，而且牠很安靜。

「咦？有一張折起來的紙條綁在牠的脖子上，牠該不會是要把那張紙給我吧？」美佳戰戰兢兢的走向壁虎，打開了那張打結的紙條。

壁虎沒有移動，當紙條掉下來後，牠立刻咬著紙遞給美佳。

「啊？怎麼回事？」

美佳雖然嚇了一跳，但還是打開了那張紙。

上頭寫了以下的內容：

「致購買木偶娃娃心丹的客人。對不起，沒有及時提供售後服務喲。因為青箕遲遲沒有回來，所以我也無法採取行動。使用木偶娃娃心丹後的感想如何？我相信你在做家事方面應該輕鬆了許多。你該不會毫無節制，把所有的家事都交給人偶吧？如果是這樣，你的職責和家人的愛就會轉移到人偶身上，你會越來越沒有立足之地喲，所以千萬要小心喲。桃公上。」

「哇！」美佳叫了起來，「為什麼沒有一開始就向我說明這件事！太過分了！早知道會這樣，我就會小心使用它啊！」

她忍不住罵桃公，青白色壁虎頻頻點頭。

美佳用力喘著氣，努力冷靜思考。

雖然對桃公很生氣，但現在終於知道，因為自己太依賴人偶了，所以家人把人偶當成了她，導致她在家裡沒有立足之地，也就是說，她在家裡的地位已經漸漸被人偶取代了。

「一定要想辦法解決，否則我的家人會被搶走。」

不僅如此，美佳也很擔心家人的狀況。

伍路強人偶或許很優秀，但美佳不認為它有辦法取代自己。

比方說，雖然和人看起來活力充沛、調皮搗蛋，但其實很愛撒嬌，也有點內向，所以必須多關心他。而真人經常會莫名發燒病倒，在換季的時候尤其要特別注意。

至於丈夫阿洋，雖然他外表看起來人高馬大，但其實抗壓性不夠強。每逢星期五，必須拿出啤酒，端出他喜歡的下酒菜，好好聽他抱怨，否則他會越來越沒精神。

那個伍路強人偶根本不可能照顧得這麼細緻入微，它只是代替自己接送小孩，然後打掃、做菜而已。

「我……我要先進去家裡，之後……唉，該怎麼辦啊？」

美佳絞盡腦汁思考，壁虎對著她啾啾叫，然後把桃公的信翻了過來。

原來背面也寫滿了文字。

第一句話就寫著：

「又及，如果因為過度使用人偶，導致不良後果時，可以使用以下的解決方法喲。」

美佳迫不及待看著之後的內容，看完之後，美佳的內心燃起了小小的希望。

「這個方法……很不容易，但是，為了奪回我的家人，我只能拼了。我要奮戰！」

美佳下定決心之後，回頭看著那隻壁虎：「請問……你是青箕嗎？」

壁虎用力點了點頭。

「桃公在信上寫著，你會協助我……你願意幫我嗎？我無論如何都想奪回我的家人，拜託了！」

美佳一個勁拜託，青箕用藍色的眼睛看著她，然後輕輕嘆了一口氣，把背對著她。

「啾啾！」

美佳覺得牠的意思是要自己坐在牠的背上，於是她膽戰心驚的走了過去，跨坐在牠的背上，雙手緊緊抱住牠的脖子。

青箕的皮膚很溼潤，有點冰冰的。

正當美佳覺得牠的皮膚摸起來很奇特時，青箕動了起來。牠跳到房子的外牆，一口氣往上爬。

「啊啊啊啊啊！」

美佳尖叫著，緊緊抓住青箕，以免自己掉下去。因為一旦掉下去，恐怕就沒命，永遠都無法再見到家人了。

「不！我絕對會抓得牢牢的！」她拚命緊緊抓住青箕。

青箕不理會美佳的叫聲，只是沿著牆壁持續往上爬，很快就來到了二樓的窗戶。

為了保持通風，所以那個窗戶一直是微微開著。

青箕和美佳就從那個細縫回到了家裡。

那裡是兩個孩子的房間。美佳豎起耳朵聽一樓的聲音，她聽到了熱鬧的說話聲，他們似乎在吃晚餐。

「今天原本是我要做章魚燒給兩個孩子吃。」美佳越想越氣，「那個冒牌貨，絕對做不出那麼好吃的章魚燒。」想到兩個孩子會對著冒牌貨露出笑容，美佳就恨得牙癢癢。

就在這時……

「真人！」

樓下傳來冒牌貨的聲音，接著她聽到了真人哭了起來。

「到底要說幾次！要好好拿筷子！和人你也是，不能因為不喜歡，就把紅薑留下來不吃。唉，不准哭。媽媽以後也會很嚴格，對不符合規矩的行為、不正確的事絕對不會原諒。因為媽媽是正義和堅持、正經的化身。」

美佳一聽到小孩子的哭聲，氣得臉色發白，內心既憤怒，又懊惱。

「那傢伙竟然敢罵我的小孩！我絕對絕對不原諒它！」

但是，現在她必須忍耐才行。

「青箕，跟我來。」

美佳帶著青箕走出了孩子的房間，準備去她和阿洋的臥室。

她借助青箕的力氣，總算打開了臥室的門，溜了進去。

「青箕，你可以再幫我一下嗎？我想去懸掛在天花板的那個燈具上面。」

「啾啾。」

美佳坐在青箕身上，順利來到燈具的上面。她站在寬敞的燈罩邊緣，低頭往下看。

嗯，和想像中一樣。這裡剛好，從這個位置的話……一定可以進行的十分順利……

接下來就要慢慢等待了。

美佳屏息等待了一個小時。

「你們兩個人趕快先去洗澡，要把身體洗乾淨，媽媽拿了換洗衣服之後就會進去。」

美佳聽到那個冒牌貨令人討厭的聲音，然後腳步聲漸漸靠近。

美佳的身體抖了一下，為即將開戰做好充分的準備。

「決戰的時候到了。我無論如何、絕對要打敗那傢伙。」

冒牌貨走進臥室。無論怎麼看，它的外型和美佳一模一樣，讓人感到毛骨悚然。

不過，冒牌貨沒有發現美佳和青箕，正伸手拉電燈下方的繩子，準備打開電燈。

「就是現在。呀啊啊啊！」

美佳發揮了所有的勇氣和氣勢，朝著冒牌貨撲了過去，剛好落在冒牌貨的手臂上。

冒牌貨似乎嚇了一跳，愣在那裡。美佳頭也不回的跑了起來，然後跳到了冒牌貨的衣領上，又從毛衣的衣領鑽進了衣服內。

但是，她的腳被抓住了。

「可惡！你是從哪裡溜進來的！」

冒牌貨不悅的吼叫著，想要把美佳拉出來。美佳緊緊抓住它的毛衣內側不鬆手，但冒牌貨的力氣比她大多了。

「完了。」

正當她陷入絕望時，冒牌貨突然鬆了手。

「喂！啊！」

她聽到了冒牌貨的慘叫聲。

美佳抬頭一看，瞪大了眼睛……

因為青箕咬住了冒牌貨的鼻子。

「感覺應該很痛。不，現在不是為這種事感慨的時候。既然青箕拔刀相助，自己當然不能浪費這個機會。」

美佳讓青箕繼續對付冒牌貨，繼續往毛衣裡鑽。

「找到了！」

她看到了冒牌貨胸口中央被割開的裂縫，現在用膠帶黏住了。這是證明冒牌貨其實是個人偶的唯一證據。

美佳撕開膠帶，把手伸進了裂縫，然後用力推開。

她看到了木偶娃娃心丹，好像心臟一樣，發出紅色的光，噗通噗通跳著。

「住手！」

冒牌貨可能察覺到危險，再度把手伸進了衣服，似乎不想管

已經被青箕咬住的鼻子，只打算抓到美佳。

「絕對不能讓那傢伙得逞」，美佳心想。

她把手伸向木偶娃娃心丹，對現在的她來說，木偶娃娃心丹差不多像是籃球那麼大，她用雙手用力抓住。

下一剎那，她的身體被一隻手抓住，整個人被拉開了。隨著一陣噗滋噗滋的聲音，她借助這股力量，把木偶娃娃心丹從冒牌貨的身體裡扯了出來。

美佳被丟到半空中，然後一屁股重重的跌坐在地上。

「好痛、好痛……」

美佳發出呻吟時，看向前方，頓時倒吸了一口氣。

因為她看到了那個舊舊的伍路強人偶倒在地上——冒牌貨不見了，美佳也恢復了原本的樣子。

美佳看到手上那顆心形的藥仍然發出紅光。不過，紅光漸漸消失，變成土色，然後突然碎裂了。

「太好了，我贏了，從冒牌貨手上把人生和家人搶回來了。

啊、啊哈哈哈……啊哈哈哈哈！」

美佳大笑起來，但她的身體仍然在發抖。她直到現在才突然感到害怕。

如果剛剛失敗了，如果她被冒牌貨打敗……，也許美佳在家裡越來越沒有地位，然後遲早會消失。

「雖然木偶娃娃心丹雖然很方便……但對我來說，難度太高了。……咦？青箕去了哪裡？」

美佳四處尋找，最後發出了尖叫。

因為青箕竟然被她壓在屁股下面，而且牠被美佳壓得扁扁的，翻著白眼。

「哇，怎麼辦！喂，青箕，你醒醒！求求你活過來！我竟然把救命恩人坐扁了，不要啊！」

美佳驚慌失措，手忙腳亂，為青箕的身體按摩著。

青箕終於醒了過來。

「啾啾啾！」

青箕發出了很生氣的叫聲，從美佳手上跳下來後就跑走了。

「怎麼辦？是不是該去追牠？」美佳還在猶豫時，浴室傳來兩個兒子的叫聲。

「媽媽！還沒有拿好衣服嗎？」

「媽媽，趕快過來！我們一起洗澡！」

「我的兩個兒子——和人與真人！啊，我想馬上看看他們，把他們緊緊抱在懷裡。」美佳趕緊跑去浴室，決定晚一點再去向青箕道歉。

但是，當她衝下樓梯來到一樓時，突然感到頭暈目眩。她的身體搖晃了一下，腳步也踉嗆起來。

「咦？咦？」

美佳重重的倒在地上，只覺得眼前一片漆黑。這時，聽到了玄關的門打開的聲音。

「我回來了，啊，累死我了。……美佳？你、你怎麼了？」

啊，是阿洋回來了。

美佳的腦海中閃過這個念頭，然後就失去了意識。

當美佳醒過來時，發現自己躺在醫院的病床上。阿洋陪在她身旁，一臉擔心的看著她。

「阿洋……」

「啊，美佳！太好了！你終於醒了！」

阿洋的眼眶中含著淚水，緊緊握著美佳的手。

美佳原本有點昏昏沉沉，但聽了阿洋說明的情況後大吃一驚。

原來她整整昏睡了三天。

美佳驚訝不已，阿洋拚命向她道歉。

「真的很對不起，之前都太依賴你了，我從來沒有想過帶孩子和做家事這麼辛苦。真的對不起，以後我也會幫忙做家事，絕對不會再挑剔你做的菜了。」

阿洋似乎覺得美佳是因為照顧孩子和做家事太辛苦才會昏倒。

美佳想要告訴他，並不是他想的那樣。她應該是因為先前和伍路強人偶對抗，才會昏過去，因為耗盡了全身的力氣，所以睡了三天才終於醒過來。

最後，美佳什麼也沒說。因為她覺得即使說了伍路強人偶的事，阿洋應該也不會相信。

這時，阿洋從口袋裡拿出一張折起的紙說：「這是兩個孩子寫給你的，要我在你醒來之後給你看。」

「上面寫了什麼？」

美佳接過了紙，下一剎那，她忍不住哭了起來。

那張紙上畫著滿面笑容的美佳，旁邊還寫著：「ㄇㄚ ·ㄇㄚ，ㄨㄛˇ ·ㄇㄣ ㄞˋ ㄋㄧˇ。ㄓㄨˋ ㄋㄧˇ ㄎㄨㄞˋ ㄎㄨㄞˋ ㄏㄠˇ ㄑㄧˇ ㄌㄞˊ！」

「真想趕快回家。回家之後要好好抱兩個兒子，和他們說很多話。」美佳心想。

壁虎青箕離開美佳的家後，氣得七竅生煙。沒想到自己竟然會被人類的屁股坐扁，還差一點沒命。人類的屁股真是太可怕了。

這一切都是桃仙翁的過錯。

人類根本無法妥善使用木偶娃娃心丹這種藥，他們都很懶惰、得寸進尺，結果生活還差點被人偶搶走。桃仙翁應該早就可以預料到，那個母親會有這樣的結果才對！

桃公還說什麼：「但那個人真的很需要木偶娃娃心丹喲，至於結果如何，就要取決於當事人喲。但是我還是很擔心，青箕，你幫我去做一下售後服務。」

「為什麼不自己去！我今天要明確對桃仙翁說清楚，以後再也不要去幫使用木偶娃娃心丹的人做什麼售後服務了。」青箕在內心發誓。

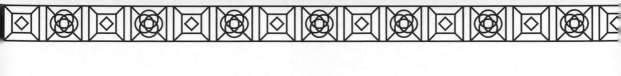

# 第3章 獸心人語糖

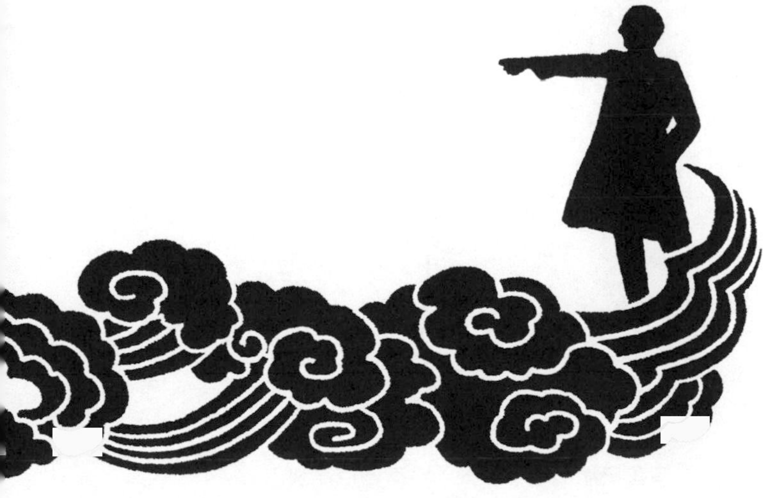

天空中飄著雪，亞子咬緊了牙關，否則她的眼淚就會掉下來。

她深深覺得自己今天應該請假，不要來學校上課。

「我要趕快回家，安恩正在家裡等我回去。安恩，我最喜歡的安恩。」亞子心想。

安恩是一隻黑色大狗，比亞子大兩歲。亞子覺得安恩就像是個溫柔的姊姊。

從亞子懂事開始，安恩就一直陪伴在她身旁，守護著她。他們一起調皮搗蛋，還會搶點心，但每次亞子挨罵時，安恩總是袒護她。

沒想到安恩竟然快死了，光是想到這件事，亞子就覺得眼前一片黑暗。

「為什麼……」

這半年來，安恩好像突然變老了。動作變得緩慢，以前牠很喜歡散步，現在也不太想去了。吃東西的速度很慢，經常懶洋洋的睡覺。

即使這樣，亞子也完全不介意。雖然他們無法一起玩耍，即使安恩整天都在睡覺，安恩就是安恩，只要有牠陪在身旁，就是一種幸福。

但是安恩從昨天開始就不吃飯了，而且牠越來越虛弱，讓人看了於心不忍。

他們全家帶著安恩去動物醫院，希望不管是打針也好，吃藥也行，反正就是希望安恩能夠好起來。

沒想到獸醫卻說：「安恩的壽命到了，所以沒辦法再做什麼治療。牠的壽命差不多了，請讓牠在家裡好好休息。因為比起留在醫院，對牠來說，在家裡迎接這一刻更幸福。」

雖然獸醫說話的聲音很溫柔，但亞子卻有一種遭到無情拒絕的感覺。

「安恩已經沒救了——我不要。」亞子發自內心這麼想。

亞子今年十歲。她和安恩才相互陪伴彼此十年而已，她希望可以永遠和安恩在一起，沒想到安恩卻即將離開自己，這真是太殘酷了。雖然爸爸、媽媽說：「那我們就按照醫生說的，在家裡靜靜守護牠，讓牠安心上天堂。」，但亞子才不願意這樣。

「啊啊，安恩，你千萬別死，我馬上就回家了。我會讓你吃你最愛的優格，求求你再好起來。啊，誰來救救我！誰能來救救安恩啊！」

亞子快步走在回家的路上，在心裡吶喊著。但是，路上的積雪影響了她的速度。平時她毫不在意路上有積雪，但今天覺得很著急，也覺得飄落在臉上的雪很討厭。

就在這時……

叮鈴鈴。

亞子聽到了一個清澈的鈴聲。

她立刻停下了腳步。雖然想趕快回到安恩的身邊，但她的雙腳無法動彈，身體彷彿被鈴聲困住了。

亞子輕輕轉過頭。

她看到在岔路的黑暗深處有一個爺爺。雪地上放了一張小木椅，爺爺就坐在那張椅子上。

那個爺爺看起來很奇特。他留著長長的粉紅色鬍子，鬍子綁成了麻花辮；頭上戴了一頂像雨傘那麼大的草帽。他在淺棕色的農夫服外穿了一件花花的短褂，身邊有一個很大的木箱子。他就靠在木箱子上，搖著手上的銀色鈴鐺。

叮鈴鈴，叮鈴鈴。

鈴鐺的音色實在太美了。鈴聲每次響起，就好像有銀色的漣漪在擴散。

也許是因為這個原因，亞子情不自禁的走向那個爺爺。

當亞子走到爺爺面前時，他不再搖鈴，露出了親切的微笑。

「妹妹，歡迎光臨，歡迎你來到桃公的桃記中藥喲。」

「桃、公？中藥？」

「對，桃公就是我，我有各種中藥喲。不知道你想要什麼藥？我這裡什麼都有，所以請你說說看你的願望喲。」

「你……什麼都有嗎？」

「沒錯，不管是什麼藥，桃公我都可以為你調配喲。因為桃記中藥無所不能喲。」

這個神奇的爺爺自信滿滿的挺著胸膛說，亞子看著他，突然恍然大悟——

「我知道了，這個爺爺是魔法師，來這裡傾聽自己的願望。」

所以亞子大聲的對他說：

「請給我可以讓安恩好起來的藥！」

「安恩？」

「牠是我家的狗。雖然是狗，更是我的家人！對我很重要，但是動物醫院的獸醫說，牠的壽命差不多了……所以我想讓牠好起來！啊，對了！那就給我返老還童的藥！既然你什麼藥都可以調配，那就請你為我調配返老還童的藥！」

「也許安恩可以重新好起來，不僅如此，也許還可以變年輕，又可以一起玩耍，一起去散步。」亞子內心充滿期待，興奮得臉都發燙了。

沒想到，桃公皺起了眉頭。

亞子吃了一驚，桃公低吟了一聲說：

「的確有返老還童的藥喲，但是……嗯，也許不給你這個處方藥比較好。」

「為、為什麼？我會付錢！我可以把零用錢和過年的壓歲錢全都給你！如果還不夠，爺爺，等我以後工作賺了錢再給你！」

「不要叫我爺爺，我希望別人叫我桃公喲。不過，這不是重點。……小妹妹，你是不是很愛那隻狗？」

「當然啊！安恩是我的家人，安恩也很愛我。」

「既然這樣，就更不能讓牠服用返老還童藥了。因為這種藥有一個很大的問題。」

桃公說話的聲音一下子變得很小聲。

「服用了這種藥，的確可以返老還童喲，但是，在調配藥方的時候，需要有別人的壽命。也就是說，是需要你的壽命喲……你了解嗎？雖然狗狗返老還童了，但你的壽命會縮短喲。」

「壽命會縮短多久？」

「嗯，至少會縮短十年喲。」

「這麼多……」

亞子說不出話，桃公目不轉睛的看著她。

「神奇的藥或是效果強烈的藥，通常都會有相對的副作用，或是必須付出相應的代價喲。……希望你好好想清楚喲。」

桃公說完就閉了嘴。

亞子愣在那裡不動，但腦袋在拚命思考：只要吃了藥，安恩就有救了，就可以返老還童，活力充沛，但亞子會減少至少十年的壽命。

她不願意——這太可怕了，但她也不想要安恩就這樣死了。

亞子不知道該怎麼辦，眼淚撲簌簌的流了下來。桃公目不轉睛的看著她。

然後，桃公語氣溫柔的對她說：

「那我給你這個喲。」

桃公說完，從木箱子拿出一個小瓶子，裡面裝了看起來像金色蜂蜜般的東西。

「這是獸心人語糖，是用說話蘭的花蜜、獸茸的孢子，還有心蜂的蜂蜜調配出來的糖漿喲，你把這個給你的狗吃喲。」

「給牠吃了之後會怎麼樣？」

「狗就會說話了喲。」

「說話！」

「沒錯，這是讓動物可以說人話的藥喲，所以你可以自己問牠，牠最大的心願是什麼，我相信你一定可以找到滿意的答案喲。等你找到答案後，可以再回來這裡喲，到時候我會調配你真正需要的藥。」

「要是可以和安恩說話，就可以了解安恩最大的心願。」亞子聽了，頓時露出了興奮的眼神。

亞子心想：「對，這是最好的方法。無論安恩有什麼心願，我都要努力滿足牠。如果牠說想要的是返老還童，那就到時候請桃公調配返老還童的藥。為了安恩，我也會很樂意減少壽命。」

「桃公，謝謝你！」

亞子接過獸心人語的瓶子後，一路跑回家。她只用了五分鐘就到家了。

當亞子上氣不接下氣時，媽媽出來迎接她。

「啊，亞子，你回來了，太好了。」

「媽、媽媽！安恩呢？」

「牠還活著，剛才也吃了一點優格。……亞子，媽媽要出門去買菜，因為優格沒了，我去多買一點回來，你好好照顧安恩。」

「好。」

亞子剛進門，媽媽就出門了。

安恩在客廳裡，躺在牠專用的床上睡覺。亞子看到安恩的樣子，忍不住難過了起來。因為她發現安恩真的老了。

安恩變得又老又瘦，身上的毛乾澀凌亂，尾巴也變細了。

安恩可能察覺到亞子回來了，鼻子吸了幾下後，緩緩睜開了眼睛。

牠那一雙溫柔的黑色眼睛看著亞子，然後無力的搖了搖變細的尾巴。

但是，也就只有這樣稍微動一動而已，因為安恩已經無力再站起來了。

亞子忍著淚水，急忙跑到安恩的面前。

「安恩，我回來了。怎麼樣？會不會不舒服？有人送我一樣很棒的東西，我現在就拿給你。」

亞子說著，打開了獸心人語糖的瓶蓋。

房間內頓時瀰漫著香氣，好像有一百朵花同時綻放一樣，房間內甜蜜的花香讓亞子覺得好像置身花田。不知道為什麼，這股香氣讓人感到很幸福，而且令人精神為之一振。

似乎並不是只有亞子這麼想，安恩也抬起頭，拚命嗅聞著味道，牠的眼睛也漸漸亮了起來。

「你是不是想喝這個？」

亞子立刻把獸心人語糖倒在手掌上，然後把像蜂蜜一樣黏稠的糖遞到安恩嘴邊。

安恩伸出舌頭舔了起來，比牠吃最愛的優格時更加專心。

亞子看著正在吃獸心人語糖的安恩，把桃公的事告訴了牠。

「情況就是這樣，所以桃公就給了我獸心人語糖。安恩……你感覺怎麼樣？你有辦法說話嗎？」

安恩抬起頭看著亞子，微微張開了嘴：「亞子……」

這個溫柔而沙啞的聲音絕對是安恩的聲音，亞子感動得全身顫抖。

她和安恩至今始終心靈相通，亞子可以知道安恩在想什麼，而安恩也總是很快了解亞子的心意，但是沒想到現在亞子竟然可以聽到安恩開口說話。

「原來桃公說的話都是真的。」亞子激動不已，小聲對安恩說：「你、你真的會說話……」

「好像是這樣。啊，這種感覺太神奇了，沒想到竟然可以和你像這樣聊天。」

「我也想說這句話！……但你的聲音比我想像中沙啞。」

「那是因為我已經是老太太了啊。」安恩呵呵笑了起來。

這時，亞子突然想到，現在不該說這些廢話浪費時間。

「安恩，我剛才說了，桃公正在等我，而且他說可以為我調配任何藥，還有返老還童的藥。」

「返老還童？」

「對，只要吃那種藥，你就可以變年輕！可以變得很有活力，就不會死了！怎麼樣，是不是很棒？要不要我去向他要這種藥？」

安恩沒有馬上回答，牠仔細思考之後，靜靜的開了口：

「這件事的確很棒……但你不覺得很可疑嗎？我覺得返老還童不是一件簡單的事，真的只有返老還童而已嗎？會不會還有什麼其他奇怪的事？」

「嗯……桃公說，調配那種藥時，需要我的壽命。但、但是，只是一點點壽命而已，為了你，我願意。」

安恩用鼻子哼了一聲。

「亞子……你在說謊。我聞味道就知道了，是不是只一點點壽命而已？」

「呃……」

「我就知道。既然這樣……嗯，我不需要。」

亞子聽到安恩斬釘截鐵的回答，感到很失望。

「但是，這樣就可以救你了啊，既然能救你，不是吃這種藥比較好嗎？」

「我才不要，我不要為了自己可以變年輕，就奪走你的生命。」

「但是……但是，這樣的話，我們以後也可以繼續在一起啊。我想和你在一起，爸爸、媽媽也一樣。安恩，你再好好考慮一下，我們一定要想出最好的辦法。」

因為時間緊迫，亞子著急起來，安恩靜靜的看著她。

「亞子，你自己想清楚了沒有？我一直陪伴在你身旁，從你還是小嬰兒的時候開始，我就一直陪著你。雖然你現在已經比我還要高大了，但我的心始終沒變，我這麼愛你，所以我絕對不能讓你的壽命縮短。如果我這麼做的話，我就不再是我了。你覺得這樣真的好嗎？」

「你不要說這種話嘛！」

亞子終於忍不住哭了起來。

「安恩，我希望你活著！我希望你不要死！」

「亞子……」

「有什麼關係嘛！我們不是家人嗎？既然你很愛我，就不要丟下我，自己去天堂啊！……傻瓜！安恩是傻瓜！」

亞子泣不成聲，安恩露出為難的表情看著她。過了一會兒，牠小聲對亞子說：

「亞子，我不需要返老還童的藥，這一點我是絕對不會讓步的。……但是，我想請你幫一個忙，你願意嗎？」

「幫、幫什麼忙？」

「我想去外面走走，就是以前我們經常去的那個大公園，因為我很久沒有去那裡了。」

安恩說的是離家不遠處的一所占地很大的大學校園，那裡綠樹成蔭，就像公園一樣。即使不是學生，也可以自由進去散步。

亞子原本想對安恩說，現在還有更重要的事，但她突然想到一件事。

以前安恩還很健康時，他們全家人曾經一起去那個校園野餐。他們曾在春天時去賞花，夏天去那裡散步，秋天在那裡撿落葉和銀杏，冬天去那裡玩雪，那裡有他們滿滿的回憶。

也許安恩去了那裡就會改變心意，也許牠會想要活得更久，繼續和亞子一家人在一起。

亞子想到這裡，點了點頭說：

「好，我們馬上就出發。」

她很慶幸目前是冬天，地上積了雪。亞子拿出了兒童雪橇，然後把裹了毛毯的安恩放在雪橇上，拉著雪橇走出門。

雪越下越大，亞子和安恩不發一語的走向大學校園。雖然道路很平坦，但拖了一陣子之後，就覺得雪橇越來越重，手也開始麻了。

亞子沒有叫苦，而是對身後的安恩說：「你還記得嗎？以前你經常拉這個雪橇。」

安恩立刻回答說：「當然記得啊，每逢冬天，你就吵著要坐雪橇，我每次都幫你拉雪橇。有一次我跑得很快，你就哭著說好可怕。你還記得這件事嗎？」

「嗯，因為我沒想到速度會那麼快，但是在那之後，你就非常小心，不再用全力奔跑。……你拉雪橇時會不會覺得累？會不會不舒服？我以前是不是太任性了？」

亞子戰戰兢兢的問，但安恩笑著說：

「沒這回事，無論什麼時候和你一起玩都很開心。如果我還能走得動，很想讓你坐在雪橇上，換我來拉你。」

「只要你返老還童就可以了……這樣我們就可以一起玩了。」

亞子趁這個機會勸說，但安恩沒有回答。

花了三十分鐘，亞子和安恩總算來到目的地：大學校園。

冬天的校園很安靜。秋天的時候，這裡有很漂亮的銀杏樹，但現在樹上的葉子都掉光了，樹枝上積著白雪。

亞子在冰冷的空氣中往前走。

「安恩，你想去哪裡？要往更前面那邊去嗎？」

「不……我們就坐在那裡的長椅上。」

亞子讓安恩坐在長椅上，自己也在牠旁邊坐了下來。

一人一狗在長椅上相互依偎，看著眼前冬天的景色。靜靜的下著雪的景象很美。

安恩把下巴輕輕放在亞子的手上。

「亞子，你還記得嗎？你小時候曾經掉進這裡的水池，我嚇壞了，慌忙跳進去把你拉了出來。」

「嗯……，只有隱隱約約的記憶，因為媽媽整天在說這件事，說你是我的救命恩人。」

「呵呵，你真的很容易跌倒，去海邊的時候，也從防坡堤掉了下去，還曾經從櫻花樹上掉下來。」

「哪、哪有啦。你自己不是也有一次出糗，我們全家一起去鄉下玩的時候，你衝進了牛大便堆裡！結果回家路上，車上都快臭死了！」

「唉，那次是沒辦法。說到臭，你找到的蕈菇才臭死人呢。」

「總比你撿回來的地鼠屍體好多了。啊，我想到了，你還曾經把媽媽的內衣咬爛，那次是我幫你湮滅證據。」

「咦？有這種事嗎？」

「當然有啊，多虧了有我在，你才沒有挨媽媽的罵，你要好好謝我才是。」

他們曾經發生過這樣的事，也曾經發生過那樣的事。他們之間有滿滿的回憶。

亞子突然領悟到安恩想要告訴她的話——

「我們之間有這麼多回憶，有這麼多幸福、快樂的回憶，所以你要記住。只要你記得，即使我離開了，你也可以在回憶中和我相見。」

亞子熱淚盈眶，對著安恩點了點頭，「安恩，我知道了，我已經知道了。……我不會再叫你吃返老還童的藥了。但是……有沒有什麼我可以為你做的事？你有沒有想要什麼東西？或是想吃什麼？你可以儘管說，我都可以給你。」

亞子努力擠出這番話，安恩笑了笑說：「已經足夠了，能夠和你一起再來這裡，……亞子，你長大了，而且力氣也變大了，已經可以一個人把我帶來這裡。」

「安恩……」

「不用擔心，我現在什麼都不需要了，因為你已經給了我這麼多……你和爸爸、媽媽給了我很多、很多我想要的東西。我很幸福，亞子……」

「嗯？」

「抱抱我。」

「嗯、嗯。」

亞子緊緊抱著安恩，安恩心滿意足的嘆了一口氣後，便閉上

了眼睛。

「謝謝你，我、很愛你……，也幫我、轉告爸爸、媽媽，我很愛、他們……」安恩說話越來越小聲，但話語中充滿深情。

三十分鐘後，亞子拉著雪橇回到了家裡。媽媽站在家門口，她一看到亞子，氣急敗壞的跑過來。

「亞子，你去了哪裡！外面下這麼大的雪，你怎麼可以把安恩帶出去！安恩……啊……」

媽媽看著亞子的臉，倒吸了一口氣。她看到了躺在雪橇上一動也不動的安恩。

亞子雙眼通紅，看著媽媽說：「媽媽，安恩、安、安恩說謝謝……，牠說牠很幸福、很幸福……」

雖然亞子滿臉都是淚水，但她還是笑著說這句話。

桃記中藥的桃公坐在那裡等到傍晚。

但是，當星星開始在天上閃爍時，他終於站了起來，拍著草帽上的雪，小聲的說：

「嗯，那個妹妹果然沒有回來，所以青箕……我們走吧。」

咻溜溜——那隻青白色的壁虎爬上了桃公的肩膀。

「啾啾？」

「嗯？你問我是不是早就知道了？嗯，我猜想她應該不會再回來了喲。因為她有了獸心人語糖，應該可以和她的狗深入交談，然後就不會再想要其他的藥了喲。」

「啾啾？」

「你問我沒收錢怎麼辦？青箕，你也太過分了，不要把我想得好像整天都在算計錢的事喲。」

「啾？」

「因為聖誕節快到了喲，大家經常誤以為我是聖誕老人，所以在這個季節，我也想為別人服務一下。……啊、啊啊啾！喔，好冷、好冷，我們去吃點暖和的東西吧。這種時候，味噌拉麵最好吃了。」

桃公把青箕放在肩上，背起木箱，快步走了起來。

# 桃公的中藥處方箋之2

## 木偶娃娃心丹

**藥的形狀**　橡實般大小的心形，棕色和桃色的大理石花紋。

**用法及用量**　把心丹放進人偶或是娃娃內，並放入一根自己的頭髮。

**作用與功效**　可以用來製作分身，分身能代替本尊做各種事情。

**使用注意事項**　不能因為輕鬆，就過度依賴木偶娃娃，否則會造成危險後果。

## 獸心人語糖

**藥的形狀**　裝在小瓶子裡的黏稠糖漿，看起來像金色蜂蜜。

**材料**　說話蘭的花蜜、獸茸的孢子、心蜂的蜂蜜。

**用法及用量**　供動物飲用。

**作用與功效**　可以讓動物說人話。

**使用注意事項**　如果給愛說話的動物吃，可能會很吵，給夜行性動物服用時需特別留意。

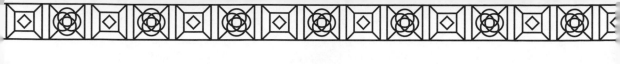

# 第4章 十二生肖的除夕

除夕的夜晚，中藥郎中桃公出現在沒有人煙的山上。

他在山上忙碌不已，嘴裡吐出的氣體都變成了白色。他把各種材料放進研磨缽中磨碎，然後又混合在一起。

最後，桃公開心的停下了手。

「好，完成了！這是湯治到來散喲！」

他完成了差不多一碗分量的粉末，粉末是淡淡的金色，閃爍著光芒。

「嘿喲！」桃公吆喝一聲，把粉末倒在地上。

地面頓時想起了轟轟轟的聲音，接著出現了一個很大的凹洞，好像有一個肉眼看不到的巨人正在挖洞。

沒想到凹洞的深處竟然噗嚕噗嚕的湧出了白色的溫泉水，四周頓時瀰漫著溫泉的熱氣。

桃公笑了起來。

「嗯嗯，很不錯喲。等溫泉水放滿之前，我先來準備藥膳鍋，這樣就完美無缺了喲。」

桃公說完後，又撿了許多木柴，接著把一個巨大的鐵鍋放在上頭。

桃公在鍋裡加滿了很濃郁的湯汁後，為木柴點了火。

當鍋子裡的湯沸騰了之後，桃公把各種食材放了進去。有各種蕈菇、藥草、辛香料，還有晒乾的樹果和魚骨。大鍋子裡裝滿了五顏六色的食材，散發出香噴噴的味道。

桃公試了一口，用力點著頭。

「好了！桃公特製的跨年藥膳鍋完成了喲！那就來邀請大家開吃喲。」

桃公打開了放在一旁的木箱門，把最下方的抽屜拉了出來。

「喂，各位！年夜飯準備好了喲！」

桃公在說話時，把手伸進抽屜裡，手掌一撈，把許多小動物

帶了出來。

有牛、虎、兔、壁虎、蛇、馬、羊、猴、雞、狗、豬。

每隻動物都像豆粒般大小，但當牠們從桃公的手掌上跳下來時，身體就越變越大，然後外型也變了。

轉眼之間，就變成了十一個穿著奇特衣服的人，有男人，也有女人，還有小孩子，他們臉上都戴著動物面具。

戴著牛面具的高大女人走上前，代表大家說：

「桃仙翁，你今年也準備了食物要款待我們啊。」

「當然喲。」

桃公說完，向十一個人鞠躬說：

「各位年神，今天即將平安的結束，新的一年即將來臨。我們來歡送明年的年神玖佚，同時迎接完成了子年使命的颯乃。」

桃公恭敬的說完後笑了起來。

「正經話就到此為止，各位，藥膳鍋已經完成了，希望各位都開懷大吃喲。我也像往年一樣，為各位準備了泡腳的溫泉，請各位邊泡腳邊慢慢享用。」

「桃仙翁，沒有酒嗎？」

「青箕，你看你！當然有酒喲，但你和亞拓樂兩個人不要把酒都喝光了。」

戴著龍面具的年輕人和戴了老虎面具、身材很壯的女人聽了桃公的話，都把頭縮了起來。

宴會開始了，這十一個與眾不同的人把腳泡在溫泉內，享受著桃公特製的藥膳鍋。

桃公熱情款待他們，不時為他們的碗裡添藥膳鍋，又不斷為大家倒酒。

有時候探頭看看溫泉，丟一些粉末進去，溫泉的顏色和氣味就會發生變化。

有幾個女人看到溫泉變成淡淡的櫻花色時，都發出了興奮的聲音。

「啊喲啊喲，這是可以讓皮膚光滑的溫泉吧，太令人高興了。」

「嗯，我最愛這種櫻花的香氣了。」

「桃仙翁，等一下再麻煩準備有助於改善跌打損傷的溫泉，我在摘桃子時不小心扭傷了腳踝。」

「好的好的，交給我喲。」

「喂，桃仙翁，多來點酒。」

「青箕，你真是的！每年都趁這個時候耍威風。」

「當然啊，因為只有今天晚上，你才不會對我頤指氣使。」

熱鬧和歡樂的時光過得特別快。

溫泉的顏色變了八次，藥膳鍋也吃得差不多了。桃公突然抬頭看向天空。

「差不多半夜了，……玖伕。」

「嗯，我知道。」

戴著牛面具、名叫玖伕的女人靜靜的站了起來。光漸漸籠罩了她的身體。

其他十個人和桃公一起向玖伕鞠躬。

「路上小心。」

「祝你順利守護一年。」

「期待一年後和你相見。」

玖佚對為她送行的夥伴點了點頭，「那我就出發了。」

籠罩她身體的光更加強烈，耀眼的光芒讓其他人都閉上了眼睛。當他們再度睜開眼睛時，玖佚已經不見了，換成一名少女站在他們面前。

這個個子嬌小的少女戴著老鼠面具，頭頂上綁成兩個圓圈的髮型，看起來特別可愛。

大家都興奮的圍著少女，青箕特別高興。

「颯乃，你回來了！嗯！我等你很久了！我終於不用再管桃仙翁的鬍子了！」

「喂，青箕！颯乃才剛回來，你就在說什麼啊！颯乃，你不用理他。」

「歡迎你回來，這一年辛苦你了。」

「颯乃，你努力了一整年呢。」

名叫颯乃的少女聽了大家的話，用力點了點頭。

「謝謝，總算順利完成了使命，……我有點累了。」

「當然會累啊。」

「來，你先來泡腳。桃仙翁，趕快為她準備吃的。」

「我知道喲，我馬上用剩下的藥膳鍋來煮最棒的新年鹹粥喲。保證鮮美好吃，馬上就好，你等一下喲。」

桃公再度忙碌起來。

除夕過後，迎接了元旦。

一年結束，新的一年又開始了。

玖佚掌管的丑年，又會是怎樣的一年呢？

# 桃公的中藥處方箋之3

## 湯治到來散

**藥的形狀**：發出金光的粉末。

**用法及用量**：撒在地上。

**作用與功效**：地面會出現一個凹洞，湧出溫泉。

**使用注意事項**：小心不要撒太多，以免溫泉變得太大，可能會被人類發現呦。

# 後記

留著桃色鬍子的爺爺扛著一個大木箱，今天出現在西方，明天出現在東方。他的肩上有一隻青白色壁虎。

「有煩惱的人，歡迎光臨，這裡有神奇的藥。」

如果你聽到這樣的吆喝聲，一定要加快腳步跑去追。

因為你的願望或許就能實現了呢。

# 用《怪奇漢方桃印》藥方，得同理、換無悔

文／林怡辰（彰化縣二林鎮原斗國中小國小部教師）

廣嶋玲子的作品掀起孩子旋風，而在《神奇柑仔店》、《魔法十年屋》等系列之後，多產且風格多變，深入人性又富含幻想趣味，不管延伸寫作或是深入討論，《怪奇漢方桃印》更是不容錯過的集大成。

奇幻、日本文化、妖怪、還有擅長的人性、不同角度的同理，《怪奇漢方桃印》的主角是桃公，身背木箱，頭戴草帽，以及讓客人聽見他「鈴，叮鈴鈴」的響聲才能遇見他。和之前《神奇柑仔店》偏短篇的故事不同，《怪奇漢方桃印》不是比較小的、易見的苦惱、也不是短暫就可以提升的能力；與《魔法十年屋》也不同，《怪奇漢方桃印》也不是著重在物品和時間的價值。《怪奇漢方桃印》故事較長，這兩三倍文字篇幅的長度，對於主角的困境、內心獨白、心境轉折、前後轉念，能更讓讀者同理角色，跟著走一段主角的人生，在議題上，也處理得更加深入，舉凡愛情、親情、友情、生死等皆在其中。

這套書籍的設定，更加貼近真實人生，主角無法簡單就獲得想要的，而是要付出相

當代價，也需要自己嘗試，桃公看似隨意不插手，實則是讓主角們隨著自己的本心去嘗試、體驗。結果不管好壞，桃公都不輕易出手，就像真實人生裡，總是沒有主角威能、一路順風順水這回事。或許可能在初期能嚐到甜頭，然而物極必反，總需要付出代價。直到看見原來自己擁有的珍貴想要挽回時，作者卻是安排讓桃公不再出現。故事最重要的還是主角本身要面對兩難，沒有絕對的對錯，有可能一翻身就是地獄，更有的是最後連桃公的中藥都不依賴了，看清了，轉念了，就看到要走的路了。廣嶋玲子在這套書裡，將鷹架拆得乾淨又俐落，厲害！

從《神奇柑仔店》趣味引入，當孩子有了閱讀興趣之後，《怪奇漢方桃印》更可以看見作者廣嶋玲子想帶著讀者逐步成長的野心，用不同的設定和象徵，每進入一篇故事，就像踏入一個新的魔法世界探險，讓孩子新鮮感十足。清簡的文字，張力十足的情節，節奏明快吸引孩子的眼球，大量的主角背景和自白，讓讀者同理主角的困境，更在敘事中看見不同觀點和角度，隨著故事情節推移，情緒爆發，困境呈現、桃公出現、決定要給什麼處方中藥裡，又重新看見不同角色間的出發點和補足沒有說出的想法，以及漸漸鬆動之前的執著與思考。

看起來什麼都沒有說，卻恰到好處的情節和對話，角色設定和衝突呈現，就把真實人生的一切都說了。書中呈現出來的是無比溫柔，作者廣嶋玲子肯定了人性裡的缺點，不管是小聰明、自私、偷懶、逃避，沒有一句責備，只有接納、理解、感同身受，讀著讀著，自己沒那麼好的部分，也被好好承接住了，讓人讀來很放心。

然後，讀者閱讀時，將自己帶入到角色裡，為著不完美的角色擔心，就像不完美的自己遇到了困難一樣。其實，我們也知道會可能有什麼後果，可是啊，沒有人可以為你負責，在故事或人生裡，還得你自己付出代價，鼓起勇氣，最終都還得是你自己。

當你闔上書頁的時候，彷彿穿著別人的鞋，過了一段別人的人生，有因為寵物即將死亡的傷心飼主、有過於疲累想要逃避休息的媽媽、有欲望延伸很想得到翡翠的幼兒園生、有想要拋下朋友自己逃走的膽小鬼……故事的主角不僅僅只有孩子的身分，更有許多成人的挑戰和掙扎，一個個《怪奇漢方桃印》的藥方中，有親情、愛情、友情、真理、內心的膽小和怯弱、掙扎和自私，還有人性中無法迴避的「惡」。但有這套書的陪伴，我們也不需遇見桃公，闔上書，也等於自己已經開立自己的藥方，看見彼此，學習同理，思考後，做出無悔的選擇。

一直有滿多人會問：為什麼廣嶋玲子的書籍這麼受到讀者們歡迎呢？我想，那是因為在書中，我們被接納了不完美和害怕，看見了自己，覺知了靈魂，當讀完之後，那清澈的目光，看見了下一個路口的選擇，堅定而篤定，這過程，令人著迷！

# 那些不好受，擊不倒你的！

文／胡展誥（諮商心理師）

什麼時候會覺得心情不好呢？

通常是事情的結果與我們想像不一樣時，我們就會覺得不太好受。好比說：希望可以成為被大家認為很厲害的人，偏偏做了許多努力都辦不到；想要有很多時間做自己想做的事情，偏偏有許多作業、補習、家事等著你去完成……

哎呀！要是這時候可以許個願、讓想要的事情都能成真，那該有多好？

小時候，我有好長一段時間很不快樂，因為我經常被班上同學欺負、體育課因為跑步很慢而被笑、因為考不好或作業寫不完被大人處罰，那段時間我真的很不開心，也常常感到很孤獨、覺得沒有人懂我。

有好多次當我很難受的時候，內心不自覺許願：神啊，請把我變不見吧。「只要我不見了，這些不快樂也會跟著一起不見了。」對吧？我這麼想。

幸好這個願望並沒有成真，後來我才能夠做喜歡的事情，遇到好多我很喜歡、也很喜歡我的好朋友。

我一直很喜歡閱讀，去品味故事中緩緩道來的情節，感受角色在故事中的情緒與心情變化，就好像是跟著故事中的人物練習過某些經歷一樣，也從中得到一些力量。在《木偶娃娃心丹大反撲》中渴望撿到翡翠、成為朋友眼中很幸運、很厲害的恭平，不管如何努力就是撿不到翡翠，他可能覺得，這個世界一點都不公平；又或是渴望擁有自己的時間，但卻總是忙著做家事、照顧雙胞胎，早已經疲憊不堪，希望能有個代替自己做家事替身的美佳，相信他們都因為自己生活不順心而感到難受。他們的「不好受」，彷彿都有一些我們生活中的影子。

可是，他們在經歷了與桃公的一段神奇際遇之後，並沒有改變現實的狀況，反而都是選擇再次回到原本的生活中，面對自己的課題。努力想要撿到翡翠的恭平，在一番努力之後雖然沒有得到翡翠，而是得到一個很奇特的東西（嘿嘿，這部分留給你去故事中發現囉），反而因此發現了實現夢想的方法；很想要擺脫一切的美佳，到後來發現原來自己原本的生活，雖然辛苦，卻也是和家人之間保持愛與關心的重要管道。

如果你遇到了不開心的事情，像是考試很困難、工作很多、你不太喜歡的同學，或者即將與你很捨不得的人（或狗狗）道別……，請記得，這些事情雖然讓你不好受，可是你也會從這些事情當中獲得很多學習。

你會懂得，其實你身上有很多很棒的部分，你不需要變得更別人一樣，也可以是很棒的人。

你也會懂得，有時候讓你覺得很辛苦的事情，也可以從中獲得幸福，只是我們常常忘了去看見這部分。

你更會懂得，正因為天下沒有不散的宴席、再好的關係都會有分離的一天，所以你會更珍惜還能夠與對方相處的時光。

這些困難不會擊倒你，而是讓你成為更有力量、更棒的人。

我想告訴你的是，生命是一趟漫長的旅程，旅行的過程中有時會遇到下雨、迷路，或者不小心錯過了你原本想搭的公車，這都是正常的。所以，請鼓起勇氣、帶著滿滿的期待，繼續在你的生命之旅探險吧！

喔，對了！當你有些擔心或害怕的時候，請記得翻開《怪奇漢方桃印》，相信它也可以帶給你滿滿的鼓勵唷！

# 跟著桃公一起動動腦

活動設計／黃百合（兒童文學工作者、書是窩創辦人）

被誤以為是聖誕老人的怪奇桃公，帶著助人的漢方四處旅行，為人解決各種疑難雜症，引領人潛入心靈深淵，挖掘內在良知，重新找回生活的熱情，擁抱甜蜜的負荷，從閱讀中獲得一帖帖消憂解悶的良方。不過，故事中還有更多值得我們想一想的問題，跟著桃公一起動動腦吧！

| 篇名 | 延伸思考題 |
| --- | --- |
| 鐵雞藥卵 | 1. 為什麼桃公想要做出藥蛋，拯救被鐵雞誤食的青箕呢？<br>2. 未經同意而取是不對的行為，但如果信也沒有擅自拿走桃公的鐵雞，而是跟直接跟桃公據實以告，你覺得故事會如何發展呢？<br>3. 如果桃公請雞神高古力發功，能幫你把時間逆轉，你最想回到哪一段時光？為什麼？ |

| | |
|---|---|
| 木偶娃娃心丹 | 1. 過多的家務勞動令美佳身心俱疲，也讓她一開始沉迷有人偶娃娃協助做家事的生活中。為什麼最後她卻不惜代價，也要想盡辦法讓自己的母親角色不被取代？<br>2. 如果你也得到一個木偶娃娃心丹，你最想用它為你代勞哪些事？會擔心有什麼後遺症呢？<br>3. 說一說，你覺得桃公與青箕對於「木偶娃娃心丹」使用者的態度有哪些異同之處？ |
| 獸心人語糖 | 1. 面對親愛的家人或朋友即將離世，該怎麼做才是最好的安排？<br>2. 為什麼亞子一開始堅持要讓安恩考慮使用返老還童藥？如果是你，在聽完安恩的想法後，你會去找桃公幫忙做什麼藥呢？<br>3. 如果有一天，動物園裡的動物都吃了獸心人語糖，你認為牠們會說出哪些心聲？ |
| 十二生肖的除夕 | 1. 老祖宗想到用十二生肖來記年，而且沿用至今，你最欣賞哪一個年神動物的特質？為什麼？<br>2. 新年對年神們而言，是一個交接、休息、聚會的日子，他們在一年的最後一天要吃火鍋、泡溫泉、煮新年鹹粥。你們家在新年會做些什麼特別的事情嗎？新年對你的意義是什麼呢？<br>3. 如果每個人來到世界上都有一個使命，你認為自己的使命是什麼呢？ |

# 桃公找分身

扛著大木箱到處趴趴走的桃公，常常幫人解決困擾，助人實現心願，但是煩惱人人有，桃公卻只有一個，實在很難擴大服務，所以請你來擔任桃公的分身，鎖定一位對你來說，最需要接受幫助的人（可具名或不具名），再根據以下的步驟，引導他消除鬱悶想法，放下心中大石。

**步驟一**

**觀察描述**

聆聽這個人的心聲，觀察他／她的言行舉止，你直接得知或他／她間接透露出哪些需要幫助的訊息呢？

↓

**步驟二**

**探究問題**

感同身受這個人的遭遇，同理他／她的處境，進一步推敲（找出）什麼是造成他／她深受困擾的問題癥結？

↓

**步驟三**

**開立處方**

發揮想像和創意，開立獨一無二的魔法中藥處方箋，能兼具色、香、味尤佳，也別忘了說明它可達成的神奇功效。

↓

**步驟四**

**良心建議**

藥材發揮功效，要搭配健全的心靈，請誠心建議這個人應該如何轉念（正向思考）或改變行為模式才是長久之計。

你可以將自己開的藥方記錄在下一頁中。完成後，請找三位你信任的人，幫你確認這帖漢方的療效。如果得到半數以上的支持，你就可以正式成為桃公的分身，展開自己的《怪奇漢方桃印》代言之旅，代言費用是得到生命中無價的快樂與滿足，桃公也會找時間帶著可愛的青箕和好吃的點心來與你把酒言歡喔！

## ＿＿＿＿＿＿＿＿ 中藥鋪

需要幫助的對象：＿＿＿＿＿＿＿＿

觀察描述：＿＿＿＿＿＿＿＿

探究問題：＿＿＿＿＿＿＿＿

開立處方：＿＿＿＿＿＿＿＿

良心建議：

怪奇漢方桃印3

# 木偶娃娃心丹大反撲

作　　者｜廣嶋玲子
插　　圖｜田中相
譯　　者｜王蘊潔

責任編輯｜楊琇珊
封面設計｜點金設計
電腦排版｜中原造像股份有限公司
行銷企劃｜林思妤

天下雜誌創辦人｜殷允芃
董事長兼執行長｜何琦瑜
媒體暨產品事業群
總 經 理｜游玉雪
副總經理｜林彥傑
總 編 輯｜林欣靜
主　　編｜李幼婷
版權主任｜何晨瑋、黃微真

出 版 者｜親子天下股份有限公司
地　　址｜台北市104建國北路一段96號4樓
電　　話｜(02)2509-2800　傳真｜(02)2509-2462
網　　址｜www.parenting.com.tw
讀者服務專線｜(02)2662-0332　週一～週五：09:00~17:30
讀者服務傳真｜(02)2662-6048
客服信箱｜parenting@ cw.com.tw
法律顧問｜台英國際商務法律事務所．羅明通律師
製版印刷｜中原造像股份有限公司
總 經 銷｜大和圖書有限公司　電話｜(02)8990-2588

出版日期｜2023年5月第一版第一次印行
定　　價｜320元
書　　號｜BKKCJ095P
ISBN｜978-626-305-455-4(平裝)

訂購服務
親子天下 Shopping｜shopping.parenting.com.tw
海外．大量訂購｜parenting@cw.com.tw
書香花園｜台北市建國北路二段6巷11號　電話｜(02)2506-1635
劃撥帳號｜50331356　親子天下股份有限公司

國家圖書館出版品預行編目資料

怪奇漢方桃印. 3, 木偶娃娃心丹大反撲 / 廣嶋玲子文; 田中相圖; 王蘊潔譯. -- 第一版. -- 臺北市: 親子天下股份有限公司, 2023.05
208面; 17X21公分. -- (樂讀456; 95)
國語注音

ISBN 978-626-305-455-4(平裝)

861.596　　112003753

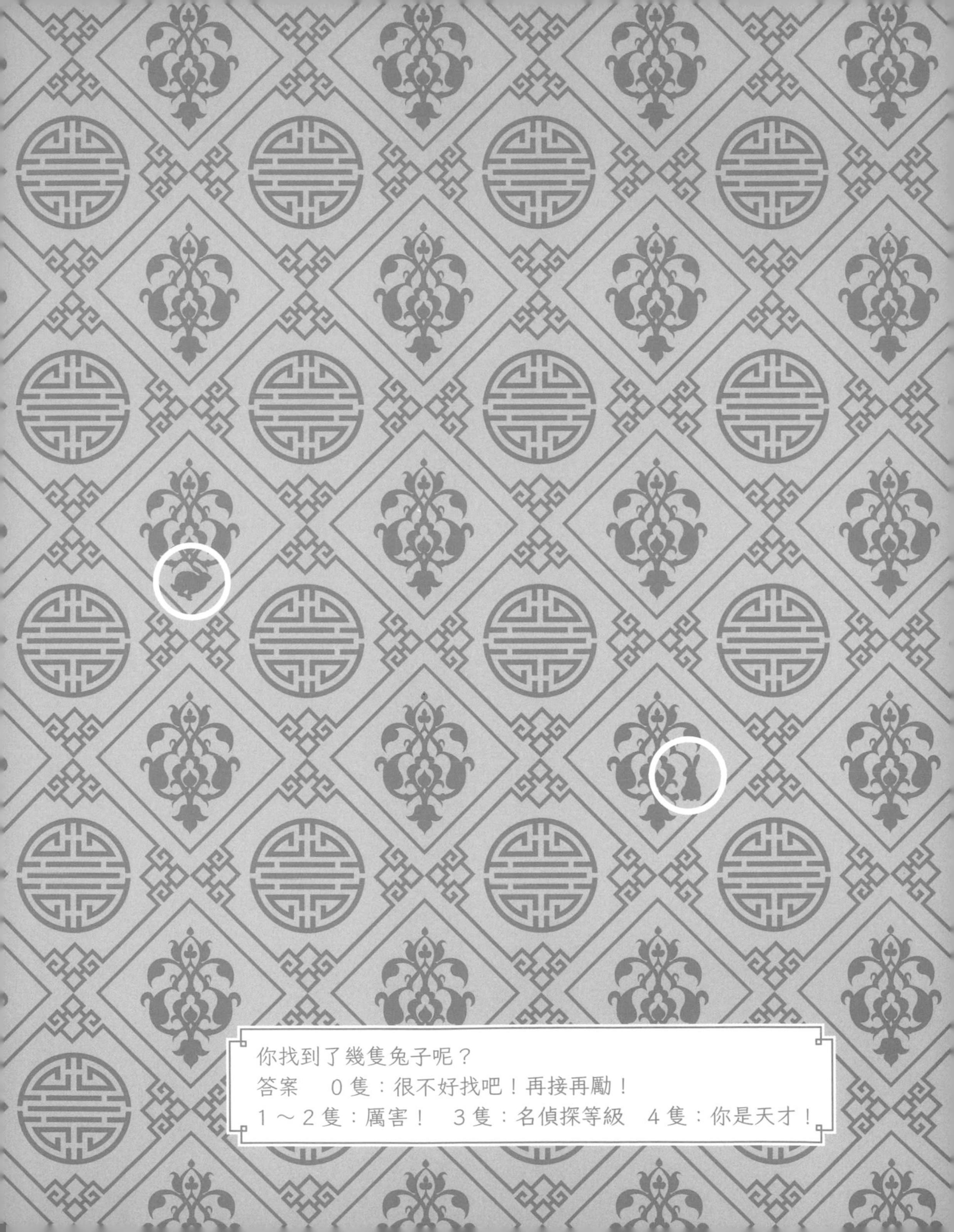

你找到了幾隻兔子呢？
答案　０隻：很不好找吧！再接再勵！
１～２隻：厲害！　３隻：名偵探等級　４隻：你是天才！